為什麼要十八禁呢？

因為年紀太小看不懂啦！

你有沒有過歪念頭呢？

無碼太次郎 編著

黃色笑彈葷死了

開開情愛玩笑，耍一點感官的幽默，

增添兩性情趣其實無傷大雅。

小孩不懂，大人笑到肚子痛！

電影有分級制，笑話當然也要分級，有的笑話老少咸宜，屬於普遍級

而所謂的成人笑話則春意無邊，屬於十八禁的限制

編者序 小孩不懂，大人笑到肚子痛

電影有分級制，笑話當然也要分級，有的笑話老少咸宜，屬於普遍級；而所謂的成人笑話則春意無邊，屬於十八禁的限制級。為什麼要十八禁呢？因為年紀太小看不懂啦！

公園裡，一對幽會的情侶在談情說愛。

女：「如果還有十分鐘就世界末日了，你會做什麼事呢？」

好色男：「我會想瘋狂地和你做愛！」

女：「可是，你最多也只要一分鐘就夠了。」

有時候，嘲弄一番男人可笑的性能力，還真是大快人心！

漂亮的女學生上課時，突然被生物教授叫起來回答：「人在激動或興奮時，身體的哪個部位會膨脹十倍？」

「我……我拒絕回答這個問題。」女孩結巴著說，眼睛跟著害羞的避開隔座的男同學。接著，另外一位同學被叫起來作了正確的回答：「瞳孔。」

「羅吉斯小姐。」教授說：「妳剛才拒絕回答，證明了三件事：第一，妳昨晚沒有預習功課；第二，妳滿腦子歪念頭。」最後，教授還下了結論，說道：「第三，恐怕將來過婚姻生活時，妳會大失所望。」

你有沒有過歪念頭呢？開開情愛玩笑，耍一點感官的幽默，增添兩性情趣其實無傷大雅。無論哪一種級別的笑話，都能逗人笑，然而，成人笑話更助「性」哦！

黃色笑彈轟死了

目錄

小和尚說：「師父告訴我，要死人吐完『口水』就不會動了！」
過了沒多久，小尼姑說：「真的耶！死人不會動了」

剛上小學的小敏回家問爸爸：「爸爸，什麼是食道，什麼是陰道？」
媽媽：「小敏，為什麼要問這個問題？」
小敏回答：「今天上課時老師說：『實到幾人？應到幾人？』」

「男人的小弟弟是『股市穩定基金小組』。」
「為什麼？」
「明明不行了還要硬撐。」

老婆：「那你幹嘛一直撫摸人家那裡？害我……」
老公：「沒有啦……手淫淫的比較好翻書嘛！」

老練的父親已瞧出獵人的壞念頭，就在女孩要進房前，特別交代她說：「如果他摸妳的手，妳就叫蘋果，如果摸妳的腿，妳就叫香蕉，爸爸會和他拼了！」
到了半夜，真的聽到女兒的叫聲，她喊著：「什錦水果、什錦水果！」

「你那三頭小牛的媽媽，究竟跑去哪裡了呀？牠們都餓昏了，你知不知道啊？竟然把我的那個當成了牛媽媽的奶頭……」

「反正妳已經失聲了，插根粗的又何妨？」
女明星抗議說：「不行啦！太粗會造成『音道』發炎咧！」

目錄

1

不能說的情色祕密

小和尚說：「師父告訴我，要死人吐完『口水』就不會動了！」

過了沒多久，小尼姑說：「真的耶！死人不會動了」

無所不知

某甲，某乙和某丙相偕進京趕考，半路他們看到一塊招牌，上面寫著「無所不知的烏龜」。

他們三人覺得很好奇，便一塊兒進去，準備一探究竟。招牌下的帳蓬裡，有一個貼著紅布的小檯子，上面放著一隻小烏龜，桌子後頭則坐著一位滿臉皺紋的老太婆。

老太婆說：「這是一隻無所不知的烏龜，你們想知道什麼事，就盡管問。」

某甲說：「請問我養了幾隻羊？」老太婆低聲對烏龜說了幾句話，烏龜就把牠的頭伸進伸出，反覆了三十三次。

「烏龜說你養了三十三隻羊。」老太婆說。某甲非常激動，因為烏龜完全答對了。

「請問我有幾個兒女？」某乙問道。老太婆又對烏龜嘀咕了幾句，牠也同樣又做了伸頭的動作，做了十一次。

「牠說你有十一個兒女。」老太婆說。某乙聽了之後頻頻點頭，小烏龜完全答對了。最後輪到鐵齒的某丙，他不信邪，決定要出一道難題來考考這隻烏龜。

「我老婆現在正在做什麼？」某丙得意地問出這個題目，他心想，這下子牠一定答不出來了。

老太婆照例翻譯給小烏龜聽。然後，只見小烏龜緩緩的爬起來，然後十分辛苦的往後仰躺在桌子上，不斷揮動牠的四肢。某甲某乙看了笑成一團，只見某丙臉上紅一陣白一陣。

音道

在某一國際航線的班機上，飛機本身有提供音樂欣賞的服務，有位乘客因為怎麼試都聽不到音樂，就把空姐叫來。

他說：「小姐，我為什麼聽不到音樂？」

空姐看了一下他的耳機後，說道：「你必須先將你那隻插到那個洞！」

那位男士很不好意思的說：「抱歉！」

過了一會兒他又把空姐找來說：「小姐，還是沒聲音啊！」這回空姐拿起他的耳機戴上，真的沒聲音，後來才發現原來有個「聲音頻道」的按鈕沒開，她就把它打開後，告訴那位男士：「先生，我已經將音道打開，你可以把那隻插進來了……」

語畢，她驚覺似乎有語病而抿嘴臉紅起來。

義大利麵條

醫生與護士鬧婚外情，結果護士竟懷孕了！醫生為了不讓太太知道，就給了護士一筆錢，並告訴她：「你帶著錢，去義大利把小孩生下來。」護士問：「那我要如何讓你知道小孩子出生了呢？」醫生說：「就寄個明信片，在上面寫個『義大利麵條』就可以了，我會支付妳所有費用的。」

於是，護士拿了錢便飛往義大利六個月過去了，有一天醫生的太太打電話給醫生：「親愛的，我收到一張明信片，從歐洲寄來的，上面寫的東西很奇怪！」

「哦？等我回去後再說。」醫生說。那晚，醫生回到家，看完明信片後便心臟病發倒在地板上。緊急送醫後，主治醫生在一旁問醫生的太太：「是發生什麼事？他看了什麼？」

太太拿起那張明信片唸：「義大利麵條、義大利麵條、義大利麵條、義大利麵條，四份，兩個附香腸和肉丸，兩個沒有。」

插電

一對夫婦正在睡覺，老公睡著睡著，漸漸不自覺地把手移動到老婆的乳房上。沈睡中的老公夢見自己正在轉收音機，其實他正在轉著老婆的乳頭。

那老公轉來轉去，發現怎麼都轉不出聲音來，就說了一句夢話：「奇怪！怎麼沒聲音？」半睡半醒的老婆就很害羞的打了老公一下，說道：「老公，你沒有給人家『插電』，怎麼會有聲音？」

再來一次

這天，有位生活一向十分嚴謹的年輕上班女郎，應一位令她傾慕之男同事的邀請到郊外去賞景。

不久，他們一塊在湖邊的一棵樹下休息，她禁不住男同事的一再求愛，經過一番良心掙扎之後，終於還是為之屈服了。

兩人在片刻的魚水之歡後，女郎啜泣著說：「如果同事們知道我這麼隨便就做了兩次，我要怎麼面對他們？」

「兩次？」男同事迷惑地問。

「是啊」女郎擦拭著眼角的淚水：「你還要再來一次，不是嗎？」

隱形人與閃電俠

閃電俠和隱形人是好友，有一天閃電俠上街，看到巷子裡有一個女人兩腳開開搭在牆邊不知道在幹嘛，姿勢甚是撩人。閃電俠按捺不住胸中慾火，以閃電的速度衝過去把那女人上了，事後又以閃電的速度跑掉了。

過了幾天超人碰見閃電俠，對他說：「嘿！你知道隱形人住院了嗎？」閃電俠就跑去醫院看隱形人，發現他下半身纏滿繃帶：「天啊！你是怎麼搞成這樣子的？」

「唉……前幾天我變隱形在巷子裡搞一個女人，忽然不知道什麼東西從後面捅了我的屁股幾百下，事情實在發生得太快了……」

種牛

老王經營一家大型的農場，裡頭養了各式各樣的牛。其中有一頭是種牛，專門用來供做交配之用。

幾年時間下來，配種出來的牛也為老王帶來了不少的財富。隨著時間的流逝，這頭種牛的身體狀況大不如前，而且因為年歲已大了，所以越來越力不從心。看得老王是頻頻搖頭，天天苦思良策。

終於有一次，那頭老種牛執行任務時因體力不支而在母牛欄裡暈倒，老王才警覺到事態嚴重，立即到鎮上買回一頭年輕又強壯的種牛來代替老種牛的工作。

當天晚上，老王就將新種牛和老種牛暫時先關在一起，等老種牛壽終正寢後，再讓新種牛擁有自己的房舍。

到了半夜，整個牛欄嗚嗚哭泣聲不斷，搞得老王無法安寧，於是便起床到牛欄去看個究竟，順便也安慰安慰一下老種牛。

老王一進了牛欄之後，見老種牛趴在地上哭得十分淒慘，於是便上前去撫摸著牠的頭說：「牛兒啊！牛兒啊！我知道我買新牛回來是委屈你了，但好歹你也幫了我這麼多年，你放心，我不會殺你的，你就別再難過了。」

那頭老牛用一雙哀怨的眼神望著老王，氣如游絲地說：「你到底有沒有告訴那個新來的小伙子，說我是公的？」

黑羊白羊

非洲某一黑人部落，有一白人醫生在那兒駐守。某日，酋長的老婆人生下一白種小孩，酋長氣憤地跟白人醫生說：「你是此地唯一的白人，你如何解釋？」白人醫生百口莫辯，靈機一動指著外面的一群羊說：「這是大自然的奇蹟，你看外面的那群白羊中，也有一隻黑的。」酋長聽了之後，猶豫了一會兒，低聲地說：「好吧！你不說出去，我也不說出去。」

紅酒白酒

從前有一對夫妻，結婚二十年，有一天，老公對老婆說：「老婆啊！妳嫁給我二十年了，實在很辛苦，我準備下個禮拜升妳的官。」

老婆很高興的說：「你升我的官，升我什麼官？」

老公說：「我升妳為大老婆。」原來，這個老公打算娶小老婆啦！

小老婆迎進門那天，大老婆問老公：「你以後怎麼安排跟我睡覺的時間？是一三五？還是二四六？禮拜天給你放假。」

老公說：「我每天晚上睡覺前，如果喝白酒，表示要跟小老婆睡，如果喝紅酒，就表示要跟妳睡，今天是我跟小老婆的新婚之夜，一定要喝白酒。」

大老婆沒意見，第二天，大老婆問：「今天晚上怎麼樣？」

老公說：「大老婆啊！昨天白酒只喝一半，沒有喝完，非常可惜，今天晚上還是喝白酒。」

第三天晚上，大老婆問：「今天晚上怎樣呢？」

老公說：「白酒越喝越香，我今天晚上還是想要喝白酒。」

大老婆聽了，「啪」地一聲往桌子一拍：「喂！你紅酒一直都不喝，莫非是要留下來招待客人？」

水母新品種

有一天我和女朋友到淡水河邊觀賞夕陽，兩個人正沈醉在迷人的景色中時，看到一個殺風景的畫面——河面漂過一個透明的保險套。

旁邊正巧有三個高中女生，只聽到她們指著水裡的保險套說：「看！有新品種的水母耶——」

自宮

話說東方不敗得到葵花寶典以後，迫不及待地翻開第一頁，面對「欲練神功，引刀自宮」八個大字倒吸了一口涼氣。

他苦苦思索了七天七夜之後，終於痛下決心，喀嚓一聲，引刀自宮。

強忍著身體的劇痛，懷著凝重的心情，東方不敗緩緩翻開了第二頁，映入眼簾的又是八個大字：「若不自宮，也能成功」，東方不敗當即暈死過去。

好不容易，東方不敗終於醒來了，他想反正都自宮了，還是趕緊練功吧！

於是他又緩緩的翻開第三頁，又是八個大字：「即使自宮，未必成功」，東方不敗當場又再昏死過去。

過了幾天，東方不敗再度醒來，他憤憤不平的繼續往下翻，他發現整本葵花寶典都在討論成功與自宮的關係。這時東方不敗已經接近崩潰邊緣，在翻到倒數第二頁時，他終於看到了結論：「若要成功，不要自宮」

這時東方不敗又快昏過去了，但他心裡想：不行，我要把最後一頁看完，那是我最後的希望，於是他還是緩緩翻開最後一頁，定眼一看：「如已自宮，就快進宮」旁邊還有幾行小字：作者：皇宮淨事房編審。發行：朝廷編譯館發行，這時東方不敗已經撐不住了，當下吐血而亡，一代梟雄就此殞落！

人在江湖

甲：「為什麼很多風塵女郎，未婚生子。」

乙：「沒辦法。人在江湖，『生』不由己。」

生物考題

某國中之生物考題如下：

狗在哪裡受精？（）

貓在哪裡受精？（　）
人在哪裡受精？（　）
只要學過生物的人，都應該知道答案是：輸卵管。
某放牛班學生填的答案，大大出乎老師的意料之外：
狗在哪裡受精？（路邊）
貓在哪裡受精？（屋頂上）
人在哪裡受精？（賓館）

小木偶

一天，小木偶的女朋友對他說：「我不要跟你嘿咻嘿咻了，因為每次都被木屑戳到，好痛喔！」

於是，傷心的小木偶就去找老木匠想辦法，老木匠就對他說：「這個簡單，你只要用砂紙把那個地方磨一磨就可以了！」

幾天過去了，木匠再遇到小木偶，就問小木偶說：「上次教你的方法如何?你女朋友有沒有很滿意呀？」

小木偶回答說：「拜託！有了砂紙，誰還需要女朋友？」

精子銀行

在一家醫院裡頭，排著兩行長長的隊伍一邊是捐血，一邊是捐精子，在捐精隊伍裡面排著一個女孩子。

護士看到那女孩就很好心的跟她說：「小姐，捐血在隔壁，這裡是捐精子的。」這位小姐看了護士一下，不理護士繼續排隊。護士這下子有點兒生氣了，說道：「小姐，這裡是捐精子的隊伍耶——捐血的在隔壁啦！」

只見這位小姐瞪大了眼睛，指著自己鼓漲的嘴巴，依依嗚嗚的看著護士。

鈕扣

有一隻小狗，每天大號都會很固定的拉出一條便便，從牠一出生到現在，一路拉來始終如一。

可是有一天，牠居然拉出四條便便！主人非常緊張，擔心牠是不是亂吃東西，趕快把牠帶到獸醫那裡檢查。

經過一番檢查之後，好不容易才找出原因，原來牠不小心吃下一顆鈕扣，結果塞在屁屁那邊！

做功課

老祖母和女兒一家人同住。有一天，她十一歲的孫子放學回家，她開門讓他進來。

「今天在學校學了些什麼？」她問孫子。

「性教育。陰莖啦，陰道啦，性交啦，還有些有的沒的。」孫子面不改色地回答。

老祖母感到很震驚，於是把這段對話轉述給她女兒聽。

「媽，現在是二十一世紀，這些都是學校課程的一部份了。」老祖母雖然是傳統社會過來的人，觀念稍微調整一下，倒還能接受這種新潮作風。幾個小時後，老祖母正在樓上燒香禮佛，聽到女兒喊說晚餐準備好了，她便下樓準備吃飯。在經過孫子的房間，老祖母看到他躺在床上，正如火如荼地手淫著。

「乖孫！」老祖母說道：「功課做完後，記得下樓來吃飯。」

勵志書籍

有個爸爸在看最新出版的花花公子雜誌，不巧被他的小孩撞見。

「老爸，你看的是什麼書啊？」

「哦——這是一本勵志的書，是教人從小就要努力用功讀書。要不然啊，以後就會跟這些女生一樣，窮得連衣服都沒得穿。」

逃避兵役

阿福和阿得兩人是好朋友，他們同一天收到召集令，兩人都不想去服兵役。阿福曾聽人說軍中不收沒有牙齒的人，因此他們兩人都把所有牙齒給拔掉了。

在身體檢查那天，他們兩人排在同一排隊伍，可是有一個大塊頭，滿身毛髮而且臭味難當的卡車司機插在他們中間。

當阿福排到隊伍的前頭時，他對檢查的班長說他沒有牙齒，那名士官要他張開嘴巴，接著用食指在他牙齦繞了一圈後說道：「沒錯，你沒牙齒，不用當兵！」

接著輪到卡車司機，士官說：「你有什麼問題嗎？」卡車司機說道：「我患有嚴重的痔瘡。」班長要那傢伙彎下身去，同樣地班長也用食指在肛門轉了一整圈後說道：「沒錯，你的情形很嚴重，不合格！」再來輪到阿得，班長又問：「那你的問題是什麼?」凝視著班長的食指，阿得壓抑住想嘔吐的感覺答道：「沒什麼問題，班長，我一點問題也沒有。」

喝奶配餅乾

小威得了怪病，到處求醫都沒有辦法治好。後來總算遇到一個神醫，神醫告訴他必須要喝人奶才能痊癒，否則活不過三天。

小威想起隔壁住了一位少婦，剛生完小孩，於是只好厚著臉皮去求她。人命關天，少婦只好答應他，寬衣解帶餵小威吃起「藥」來了。

當小威正努力埋頭吃「藥」的時候，少婦被他弄得渾身不自在，臉紅的問他：「你……你還有沒有想要什麼啊?」

小威抬起頭來，吞吞吐吐的說：「如果可以的話，可……可……可不可以給我一片餅乾?」

換褲子

兩位女學生走在路上，突然一陣強風吹來。
甲女：「好大的風喔！」
乙女：「對啊！好危險喔！要是裙子被吹起來怎麼辦？」
甲女：「那我要回家換褲子！」
乙女：「換長褲嗎？」
甲女：「不換一條漂亮的內褲！」
乙女：「！@#$%&*……」

勿忘在莒

一個深為性能力日漸減退而煩惱的男人去看泌尿科。

第一次，醫生給了他四個字的評語「毋忘在莒。」

男人領了這個座右銘回去之後，努力再努力還是沒什麼起色，只好回去再找醫生。

這次，醫生則給了他另外四個字的評語「永垂不朽。」

男人不明白為何前後會差別這麼大，後來才終於領悟，原來先前的「毋忘在莒」，早就宣判他無望再舉了！

帶電體

一位電力公司的技工，誤觸一萬伏特電流的電線，被電倒在地面上，經醫生治療後，竟奇蹟似地康復。

醫生說：「恭喜你康復，但你這種病例不比尋常，我擔心有後遺症，所以你每週都必須來醫院檢查。」

技工每週都回醫院檢查，身體也無任何異樣，只是醫生看他似乎有什麼難言之隱。

醫生問：「你是不是有事瞞著我呢？你是一個很特殊的病例，為了你的健康著想，你應該向我坦白的。」

技工吞吞吐吐的說：「不是的醫生，我的身體並沒什麼不對勁，只是，晚上和我太太行房時，她……」

醫生問：「有什麼問題嗎？」

技工困惑的說：「她到達高潮時，乳房都會發亮。」

踢到鐵板

狗腿小白陪經理吃完午餐回來，走在公司樓下。

小白：「經理！前面走來的那個女人超正點，水哦！」

經理：「嗯……」

小白：「你看，她那皮膚看起來吹彈可破，棒！」
經理：「嗯……」
小白：「經理！她穿著很時髦，看起來不輸酒店的小姐唷！」
經理：「嗯……」
小白：「我敢和經理打賭，這娘兒們在床上的功夫一定讓人爽歪了。」
經理：「嗯……」
小白：「怎麼，經理你連這一點都和我有一樣的見解呀？」
經理：「因為她是我老婆……」
小白：「@#！$……」

爽死了

有個太太向醫生訴苦，說她丈夫老了不能行房，醫生就給她一些藥丸讓她帶回去給丈夫服用，看看效果如何。

一個星期後，這太太又來了，說道：「大夫，藥丸棒透了，一連六天他早、晚都和我溫存。」

「效果不壞嘛！」醫生高興的說。

她答道：「啊！簡直棒透了！就在他死前還和我做了四次！」

直接的來源

有位女士到一個婦科醫生那裡做人工受精的手術，她脫去衣服躺在床上後，婦產科醫生就開始解開自己的褲子拉鍊。

那婦女大吃一驚，叫道：「醫生，你想要幹嘛？」

醫生回答說：「很抱歉，我們那些瓶裝的精子用完了，所以今天只好使用一個比較直接的來源。」

死人與棺材

很久很久以前，在一個深山裡有一間寺院，裡面住了一位老和尚和一位年輕的小和尚。

小和尚已經成年了，可是對男女之間的事卻一點都不知道。在深山的另一角也有一間尼姑庵，裡面住了一位老尼姑和一位小尼姑。

老尼姑管教得很嚴，都不准小尼姑到外面走走，見見世面。等到有一天老和尚死了，小和尚就下山去了，走到一半覺得身體很熱，就找個水池泡泡水。剛好老尼姑也死了，所以小尼姑也走到外面去看看風景，走著走著，就看到小和尚在水池裡玩水，她也想要泡泡水，所以就把衣服一脫，也跳下水去。

當他們兩個看到彼此之間光著身子，卻發現長在下面的東西不一樣時，小尼姑很好奇的問小和尚，長在他下面的東西是什麼？

小和尚說：「師父稱它為『死人』。」小尼姑說：「我師父稱我下面的東西是

『棺材』耶！」小和尚好奇的說：「那死人不是都裝在棺材裡面嗎？」小尼姑說：「對啊！那我們就裝裝看吧！」

於是，他們開始做那件事。過了一些時候，小尼姑說：「為什麼死人在棺材裡還會動呢？」

小和尚說：「師父告訴我，死人吐完『口水』就不會動了！」

過了沒多久，小尼姑說：「真的耶！死人不會動了……」

夾到我老二

很久以前，公車上還有車掌小姐。

有個老爸帶著兩個可愛的兒子坐公車，急驚風老大咚咚咚很快的就爬上公車，老爸跟著老大身後上公車，回頭卻發現慢郎中老二貪玩最後才上公車。

時值假日公車非常的擠，而慢郎中老二長得又矮又小，車掌小姐沒注意到便「嗶」下去了！

結果，害得二兒子被夾在門中間，叫得呼天喊地。

老爸又氣又急的說：「小姐！你太急了吧，我老二還沒準備好，你就嗶了！」

車掌小姐死不承認的說：「我沒嗶啊！我沒嗶啊！」

老爸：「你還敢說你沒嗶？你沒嗶，怎麼會夾到我老二？」

司機看氣氛不對，便停車過來問車掌：「怎麼啦？」

車掌：「這位先生的老二被夾到，卻怪起我來！」

老爸：「司機先生，您評評理，我老二現在還痛得哇哇叫，這小姐卻說她沒嗶！沒嗶？我老二怎麼會被夾到，而且現在還痛得站不起來！」

司機：「小姐，算了啦！你就摸摸他老二的頭！安慰一下嘛！大庭廣眾之下，這樣站不起來，也不好看嘛！」

於是，車掌摸著二兒子的頭說：「小弟弟，乖喔！都怪你長得太小了，害我沒看清楚，就把你夾到了！」

整個過程，公車上的乘客被他們充滿暇想的對話逗得東倒西歪，一路上笑聲未曾間斷過。

性生活

在餐廳的某個角落坐著三個男子，他們正在討論和老婆的性生活。

甲說：「我老婆她是空姐，每次在辦事時，都有嚴重的職業病習慣，老是要在『上面』飛。」

乙說：「我老婆才奇怪，她是幼稚園老師，每次一開始正要努力時，她都會說，小弟弟乖，一下下就好了，做不好我們再重來一次。」

丙很感慨的說：「你們別抱怨了，那也不過如此，我老婆是車掌小姐。」

甲和乙同聲問：「有何不妥？」

丙說了：「每一次我正在『努力』時，她都會大聲的說：『進來一點，進來一點，裡面還很空！』」

新歡縮得妙

購物頻道推出了一款新商品叫做「乳暈漂白劑」，一位住在學校宿舍的大學女生蠢蠢欲動的，常在室友面前嚷著說要買來試試。

畢業將屆，那位女大學生跟一群男生出去狂歡徹夜未歸，因為她不想清清白白過完這大學四年，打算給它留下一個瘋狂而難忘的回憶。

第二天早晨回宿舍後，其他室友就追問她，當晚的入幕之賓是哪位男士？她堅不吐實，其中一位室友靈光一閃，說道：「簡單啦！我們只要從她那一群男性友人中找看看，哪一個人的嘴巴變白就知道了！」

只見她緩緩說道：「才怪咧——你們錯了，你們應該找那個嘴巴變小的才對。」其他人不明所以，只見她說：「我現在都改用『新歡縮得妙』，所以應該找那個嘴巴變小的才對啦！」只見眾人倒了一地，看來真是購物頻道惹的禍。

2

看！小弟弟在敬禮

剛上小學的小敏回家問爸爸：「爸爸，什麼是食道，什麼是陰道？」

媽媽：「小敏，為什麼要問這個問題？」

小敏回答：「今天上課時老師說：『實到幾人？應到幾人？』

一塊錢

從前有一個鄉下的女孩，終於到了適婚年齡，於是她的媽媽在她出嫁的前一天晚上，很認真的教她女兒有關床上的技巧。

母親：「來！我現在把一個十塊放在妳的左大腿，一個五塊放在妳的右大腿，再把一個一塊錢放在妳最重要的地方，妳就照著『十塊錢、五塊錢、一塊錢』地順序擺動，妳的老公一定很滿意。」

於是，這個女兒就反覆練習，經過一個晚上就學會了。

到了新婚當夜，女孩就依照昨晚的練習做了：「十塊錢、五塊錢、一塊錢……」

不一會兒，她就感到飄飄然地，於是她就大叫：「喔！咿！媽我不要那些五塊十塊了啦！一塊錢、一塊錢、一塊錢……」

致最敬禮

小明有一天因為盲腸發炎，被送到醫院準備動手術。在開刀前，一位貌美的護士小姐先來為他的小弟弟剃毛，這是許多手術都必須做的。小明非常緊張地說：「小姐，麻煩妳小心一點，不要把我的小弟弟刮傷了。」

護士面帶微笑地答說：「放心——這種場面我見多了，你這麼問就是不尊重我的專業喔！」

小明：「我沒有不尊重妳，妳看我『弟弟』正在向妳致最敬禮呢！」

機會教育

剛上小學的小敏回家問爸爸：「爸爸，什麼是食道，什麼是陰道？」

爸爸聽了直覺想到這是性教育的好機會，應該好好地向她說明一下。

沒想到，解釋了好久，小敏還是不懂。爸爸生氣了，就要小敏去問媽媽。

媽媽：「小敏，為什麼要問這個問題？」

小敏回答：「今天上課時老師說：『實到幾人？應到幾人？』我都答不出來，好丟臉哦——」

助長偏方

有一天，小明的媽媽帶小明去看醫生，因為小明的「那個」比他弟弟的還要小。「沒關係、沒關係我告訴你一個很有效的偏方，」醫生對媽媽說：「只要每天給他吃吐司就可以了！」

媽媽聽了很滿意，高興地帶著小明回家了。隔天，媽媽在早餐桌上準備了很多吐司，小明看了很高興，問媽媽：「媽！這些都是要給我的嗎？」

只見媽媽露出尷尬的笑容，說道：「你只能吃一片哦！其它是你爸爸的。」

指腹為婚

甲：「你當初是怎樣追上你老婆的？」

乙：「我們是指腹為婚的。」

甲：「現在都甚麼年代了，還流行這個？」

乙：「不是啦！是當初我老婆指著她那大腹便便的肚子，逼我和她結婚的。」

拉皮

即將步入中年的太太，想要引起丈夫的興趣，於是對丈夫說：「親愛的，如果我不戴胸罩，看起來是不是年輕些？」

正在看電視的丈夫頭也不抬的說：「當然會更年輕了，因為下垂的胸部，多多少少會把臉上的皺紋拉平些……」

傷心的母親

爸爸：「女兒呀——妳媽為何哭得如此傷心？」
女兒：「她獲得恐怖大會的裝扮比賽第一名！」
爸爸：「那應該值得高興才對呀！」
女兒：「可是媽媽什麼都沒有裝扮！」
爸爸：「真尷尬！」

你好妙

有一天，某個高中女生在坐公車的上學途中，碰到一個帥哥坐在她旁邊，讓她一路上心裡小鹿亂撞，好高興哦！那個帥哥在看書，書放在他小弟弟的上方。過了一會兒，那個男的手沒放在書上，可是書竟然給它站起來了。想當然耳，就是他的小弟弟不知怎地「勃起」了。

這不打緊，那帥哥甚至開始用一種曖昧的眼神看著她，她覺得很不自在，便生氣地想對他說：「先生！你好莫名奇妙——」

可是，她一緊張卻用縮寫法說成了：「先生，你好妙……」

馬戲團學來的

一位嫖客在和妓女交易完後，一直稱讚那位妓女的口技實在太好了，問她：「妳是在那裡學來的？」

妓女說：「只要客人高興就好，這些都是我以前在馬戲團學來的！」

嫖客不解地問：「馬戲團想不到還能夠學到這種技術，請問妳是表演什麼？」

妓女笑笑說：「沒什麼啦——吞劍啦！」

叫春

有一個女孩名叫「豔春」，長得婷婷玉立，身旁永遠不乏有追求者。其中有一個傾慕者小明，表達能力不好，記憶力又差，跟女孩講話又會緊張地結結巴巴。

一天，小明終於有機會與豔春搭訕，他用盡全身的力量笨拙地問：「妳……妳……妳好！我、我叫小明。那妳……妳『叫』什麼『春』呢？」

變石頭

一天，小華和小明相約去看牛肉場，香噴噴火辣辣的表演令人血脈賁張。正當臺上的女郎表演得香汗淋漓之際，突然傳來一陣啜泣。

小華：「小明，你怎麼哭了呢？」

小明：「嗚——我沒聽媽媽的話，我媽說如果我看女人脫衣服就會變成石頭，嗚……」

小華：「哎呀，那有這種事，你媽騙你的啦！我看你還是好好地站在這裡不是嗎？」

小明：「嗚——是真的啦！我感覺到我身體有一部份已經開始在變石頭了！」

健康檢查

美國前任總統柯林頓有一次在做完健康檢查後，要求醫生檢查他的精蟲數目有沒有減少。醫生給他一個密封的小玻璃罐子，要他回家裝些樣本帶來。

第二天，總統再來，醫生卻發現玻璃罐仍是空空如也。總統面有慚色地說：「醫生啊！我年紀大了，不中用啦！昨晚我先用右手試了半天，沒有動靜；我改用左手試，還是沒有用。

我請我太太來幫忙，她兩手一起上，試了老半天也是沒有用。

我叫她乾脆用嘴巴弄，結果仍然沒有起色。」此時，醫生已聽得滿臉通紅，但是總統仍然不停的說：「剛好副總統夫人到我家來送禮，她比較年輕，我就拜託她來幫忙。她也是先用手，再用嘴，很努力地……」

「停，停！」醫生再也忍不住了：「這種事你找副總統夫人幫忙做？」

「她很樂意啊！」

「可是……」醫生欲言又止，深怕冒犯了這位性醜聞從來不間斷的總統。

「可是什麼？他媽的，這個玻璃罐子就是打不開嘛！」柯林頓無奈地嘆道。

搶救雷恩大兵

第二次世界大戰期間，一支小型部隊奉命搶救在納粹佔領區作戰的雷恩家么兒。

當人已經救到時，全組人員連同小雷恩只剩下四人，班長帶著大家逃亡，手裡沒剩下什麼東西，只有一個杯子！

就在他們精疲力竭之際，發現後面的納粹德軍已經追上來了，他們只好拼命的向前跑！

到了一條河邊準備要涉水而過，有個老農見狀便向他們警告說：「你們要小心，河裡生長著一種魚，專門咬男人的小弟弟，要小心啊！」

四個人聽了都傻眼，小雷恩對其他的三個人說：「你們此行的任務就是要救我，讓我先走吧！把杯子給我！」

說著，一把搶過了杯子，脫下了內衣褲，拿著杯子下了河。這時，德軍的槍聲又響起，並傳來了坦克的聲音，情況十分緊急！其他三人也急忙脫下內衣褲，跑下了河！只聽到「哎唷——」幾聲過後，小雷恩覺得屁股一陣疼痛，但是也顧不了許多，拼命向前走。

到了對岸，小雷恩一回頭，發現另外三個人也已經上了岸。他只是覺得奇怪，怎麼？老農騙我們嗎？魚沒咬你們嗎？你們三個怎麼過來的？

「哦，是這樣，我們一個插一個過來的！」其中一個人說道：「走在你後面的就……」

小雷恩驚嘆：「你們……」

看一看

在寫有「禁止小便」的牆角下，有個男子轉過身去面對牆壁準備要尿尿時，被警察發現。

警察當場要開單處罰他，因為他污染環境。他不服氣地對警察咆哮著：「難道，我掏出自己的東西來看一看也不行嗎？」

婚後生活

三個姐妹聚在一起，談論婚姻的性生活。

大姐：「我們一般都在一個小時以上。」

二姐：「我們那個每次都不超過三個小時。」

見到老三不說話，倆姐就問：「小妹，妳們的那個呢?都多長的時間？」

老三：「八分鐘光是射出來的時間。」

私人的事

在加州審判的一宗強暴案件中，年輕的原告被問到：「在展開攻擊之前，被告對你說什麼？」

她對這個問題感到很困擾，她寧願寫在紙條上代替口頭回答，法官同意。

看完紙條，法官要首席陪審員把紙條在陪審團間依次傳遞。有一位男陪審員從開始就在打瞌睡，突然被隔壁一位的女陪審員推醒，並傳給他一張紙條，上面寫的是：「我要讓你享受前所未有的高潮。」他慢慢地看，禁不住泛起微笑，然後把紙條塞進褲袋裡。當法官要他再傳遞給下一位陪審員時，他嚴正的拒絕，說道：

「這是私人的事，法官大人。」

修車

華盛頓有個部長坐著專車開完會要回到他的別墅山莊，駕駛員是位小姐。正要爬坡上山時，汽車突然故障拋錨了。

司機仔細檢查了一下，並說道：「身為女人，我不該修車，可是作為司機我有責任去做。」說著，就鑽到車子底下去了。

過了幾分鐘，部長耐不住性子，也從車裡走了下來說：「作為部長，我應該坐在車裡等，可是身為男人，我有義務去幫忙。」說完，他也爬到車下。然後，兩人就在車子下親熱了起來。一個警察經過該地，打斷他們說道：「對不起，打擾你們了，作為過路人我沒必要去管，可是身為警察我有必要提醒你們，你們的汽車早就被人滑到山坡下了。」

過夜

一天，某教授在講課時，不知怎麼的，話題一轉，轉到了「處女」和「非處女」上。

這時，一個女同學站起來問道：「怎樣才能判斷一個女人是否為處女？」

教授自信地答道：「這個問題講起來很難，不過我能憑直覺看出來的，拿你來說吧！你就不是個處女。」女同學聽後，氣憤地跑出了教室。

第二天上課時，這個女同學走到黃教授面前，嚴肅地說道：「這是醫院開給我的處女證明診斷書，請您在全班同學面前為我澄清事實！」

沒想到此教授亦非等閒之輩，只見他看了看診斷書，不慌不忙地說道：「這診斷日期是昨天，到現在已經過一夜了。」

迫不急待

戰爭剛剛結束，戰場上的勇士們個個在整理行囊，準備回到日夜想念的故鄉。

這時，有位女記者採訪一個軍人：「戰爭結束後，你回家最想做的第一件事是什麼？」

「當然是和老婆那個那個啦！」軍人直率的答道。

女記者有些不好意思，接著問道：「那麼，第二件事呢？」

「再做一遍。」

女記者羞愧得滿臉通紅，又問：「除了『那個那個』我想知道『那個』結束後，你想做的第一件事？」

軍人想了想，說道：「脫掉那個沉重的軍用背包。」

琵琶傳情

一家父子婆媳皆通音韻，並能以琵琶傳情，尤其父親更是個中翹楚。

有天，父親趁老婆兒子不在，想對媳婦趁虛而入，但是又不知從何下手，忽然靈機一動，便抱起琵琶來到媳婦門前，彈了兩聲：「咚咚！」

媳婦問到：「是誰？」

緊接著又彈了兩聲：「公公！」

媳婦又問到：「做什麼？」

緊接著再彈了兩聲：「通通！」

媳婦再問到：「你不會找我婆婆，找我幹什麼！」

最後，公公又彈了兩聲：「鬆鬆。」

父子一個樣

小魚哭哭啼啼的跑回家，哭訴剛剛有個玩伴不小心弄傷他的手指。

媽咪：「別哭乖！」說完，在他手指親上一下。

過了一會兒，小魚又哭著跑進來，這回是他擦傷了臉頰。

媽咪還是替他上了藥，並也在額上親了一下。再過不久，小魚又哭著跑進來，這回是有個玩伴不小心踢到了他的小雞雞。媽咪嘆了一口氣，說道：「這孩子跟他父親越來越像了。」

修女

某個位於高山上的修道院裡，住著一群清心寡欲的修女。

通常，她們每天都得騎腳踏車下山採購民生用品。她們騎腳踏車技術不錯，只是住在山坡上的居民常向老修女抗議修女們騎車時太吵了。

某一天，老修女終於受不了，聚集大家訓話說：「要是你們誰誰誰，騎腳踏車下山還大呼小叫的，我就把腳踏車的椅墊給裝回去！」

高明護士

有一個鄉下小伙子，第一次進城，看到街上花花綠綠的美女廣告，身體就起了反應。

他以為自己病了，急忙來到醫院，對醫生說：「醫生，救救我，我這個地方腫了。」

醫生看了看，覺得很好笑，又不便說明，就對他說：「沒關係，吃點藥就好了。」於是，隨便給他開了一些藥方，小伙子吃了藥，過了一會兒，果然好了。

第二天，他又上街去，結果，又出現了昨天的情況。他趕快跑到醫院掛急診，可是昨天的醫生不在，只有一個老護士，他於是將病情向老護士講述了一遍。老護士聽完，笑了笑，逕自把他帶進病房裡幫他「治療」。過了一會兒，小伙子出來了，正好見到醫生回來，就對他說：「你是什麼醫生，隨便開一點藥就把我打發了，太不負責了！哪像這位護士阿姨，連膿都幫我擠出來了！」

生日禮物

一天，單身漢阿文到便利商店買保險套，老板以一股狐疑的眼光看著他。阿文急忙解釋道：「那是買來要準備給女友的生日禮物。」老板隨即好心的問：「這樣？那要不要包起來？」阿文客氣地說：「不用了，那就是用來包禮物的……」

凱迪拉克

某日，一富商開著豪華凱迪拉克轎車，載著年輕但不是很美的女兒兜風。

行經荒郊野外，遠遠望見幾個凶神惡煞攔路搶劫，父女兩人急得不知如何是好。

忽然，女兒靈機一動：「爹地，不如把重要的珠寶都藏在女兒的小洞洞裡，減少損失。」

果然搶匪攔下他們之後，遍尋不到任何值錢的財物，只好把凱迪拉克開走。富商望著漸行遠去的凱迪拉克，不禁嘆道：「唉！要是你媽也在就好了！」

進茅廁

在皇宮中，有個太監靈機一動，想到皇上的每一件事都這麼的隆重，為何只有上廁所不隆重呢？於是，他決定從今開始要慎重其事。

有一天，皇上進茅廁，太監便說：「奏樂……掀龍袍、抬龍根、撒龍尿……抖龍頭、關龍袍……」

不久，皇后聽聞此事，也想隆重一下，太監領命比照辦理。

於是，當皇后進了茅廁之後，太監便高喊著：「奏樂……掀鳳袍、開鳳眼、撒鳳尿、搖鳳尾、關鳳眼……」

女傭

有一對很有錢的年輕夫婦，家裡請了一堆管家、司機、女傭等，各種人都有。

女主人一直以來，總是懷疑丈夫和年輕美貌的女傭有染，於是總想找機會把她給解雇掉。終於，有一天女主人便趁先生不在家時，把女傭給叫過來，嫌她菜燒得不好要叫她走路。

可是，女傭辯稱：「先生總是說：『我菜煮得比妳好吃。』」

女主人一時怒火攻心，啞口無言，只好說沒事，你下去吧！正當女傭走到門口時，還回頭冒了一句：「而且，我的床上功夫也比你好！」女主人聞言隨即憤怒地拍打著桌子，問道：「說！這也是先生說的嗎？」

「不是」女傭回答：「是司機、園丁他們說的。」

安眠藥

西藥房快要打烊時，進來一個滿臉疲態，有點垂頭喪氣的年輕男子要買安眠藥。他告訴老板說：「如果今天晚上買不到這些安眠藥，我會累死，因為我已經三天沒睡好了。」

老板給他安眠藥，並特別叮嚀他：「這些藥的效力很強，你別吃太多。」

「誰說我要吃？這是買給我太太的，」男子苦笑了一下說：「結婚三天以來，她每晚要來五、六次，差點沒把我整死掉。」

三級收費

有個妓女很奇怪，她把收費分成三個等級：第一級，就是在地上做，收一千元。第二級，就是在椅子上做，收兩千元。第三級，就是在床上做，收三千元。

這天上午，來了一個男的付給她一千元，他們就在地上做了。到了中午，又來了一個男的，還是給她一千元，所以也是在地上做。晚上了，又來了一個男的給了她三千元，妓女便說道：「你可是真有品味啊！」

嫖客：「品味個屁！三千元，在地上做三次！」

瞎子與啞吧

這天，街上很熱鬧，一路上吹吹打打的。有一對夫婦，男的是瞎子女的是啞吧。男的想知道外面在幹嘛，就派女的去看看。女的看完回來說不出，就扒下男的褲子在他臀部親了一下，男的馬上反應過來：「哦，是定親！」

男的又問：「是誰家定親？」

女的馬上衝出去看。一會兒，女的回來二話不說，托起男的手在自己的胸部一陣狂摸。

男的想了想脫口而出：「二奶奶家。那她家是誰定親呢？」

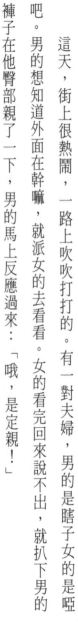

女的這次學乖了，把事情完全搞清了才回來。她又再把男的褲子扒了，輕輕揉著男人的命根子。

男人又猜出來：「是大柱呀！是誰家的哪個姑娘呢？」

女的迫不急待的脫下褲子，捏著男的手在自己屁股後一陣亂摸，隨後和男人親熱了起來。辦完事之後，男女均已大汗淋漓。此時，男的高興的狂呼道：「我知道是誰了，是住在後溝姓焦家的小鳳（小縫）！」

執著

有個人和他的一隻豬、一隻狗在海上遇到風暴，被沖到一個孤島上。

過了不久，這人突然產生了很強的性欲，於是決定選其中一個動物來發洩。經過一番比較，他選定了豬作為對象，因為豬看起來更可愛些。

他將豬抓住，固定在船尾，並脫下自己的褲子，這時，狗突然跳過來，對著他的屁股，狠狠地咬了一口。

這人一腳把狗踢開，但豬也給跑掉了，他只好去追豬，然後再把牠固定到船尾。他拉下褲子，正準備展開行動時，狗又跑回來咬了他的屁股，他火大地把狗踹出去好遠。

結果，豬又給跑掉了，就這樣，他一遍又一遍地抓豬，豬一遍又一遍地跑掉。最後，這人累得躺在地上，睡著了。過了一些時間，這人醒來了，發現面前站著一位赤裸的美女。

美女對他說：「我被派到這裡來滿足你的任何願望，但只限一個小時，之後我就會離去。有什麼願望，你就提出來！」這人想了一下說：「你能不能在這一小時裡，幫我看好那隻狗，別讓牠跑來咬我？」

打麻將

某日，老黃陪三位女性友人打麻將，打著打著，大家話題越講越色，一副牌打成了黃莊，且聽他們的一段對話：

甲女和顏悅色地說：「這個老黃總是在我下面碰啊、槓啊的，把我都搞死了。」
乙女面露倦容地說：「我一直想自摸一洞，哪曉得老黃一人就摸了三個一洞。」
丙女有點哀怨地說：「我一直在等摸小雞，可是老黃始終捂著他的小雞不肯放一炮。」老黃夾在其中，聽得瞠目結舌地一下也說不出話來。

權力

某日，老黃與兩位朋友喝酒。酒至半酣，這兩人為了誰權力大吵起來。一位是環保局的，另一位是計劃生育辦公室的，吵得不可開交。老黃連忙充當和事佬，說道：「兩位別吵，你們的權力都夠大的。」

他對第一位說：「你呀！上管天，下管地，中間還要管空氣。」說得這位洋洋自得。

老黃看第二位臉上就要掛不住，趕緊接著說：「你呢！更厲害，不管天，不管地，專管他的生殖器。」

懷孕時間

女人：「能讓個座位嗎？我是個孕婦。」

男人：「請坐！」

女人：「謝謝！」

男人：「冒昧地問一句，您懷孕幾個月了？」

女人：「大概五十分鐘吧！」

蛇和花園

一個小女孩提出要求，想跟媽媽一起洗澡，媽媽說：「可以啊！但是不許向上或向下看。」女孩答應了。

洗澡的時候，女孩還是忍不住看了媽媽那兩個地方。接著，小女孩便不解地問：「媽媽，你那裡是什麼啊？」

媽媽說：「上面是兩個小電燈泡，下面是媽媽的花園。」

第二天，女孩提出要求想和爸爸一塊洗澡，爸爸說：「可以啊！但是不許往下面看。」小女孩答應了。但是洗澡時，小女孩又忍不住看了那地方。接著，她又不解地問：「爸爸，你那是什麼啊？」

「噢，那是爸爸的一條蛇。」晚上睡覺的時候，女孩要求和父母一起睡覺。爸爸說：「好啊！但是不許往毯子下面看。」小女孩答應了。睡覺時，小女孩又忍不住好奇，掀開毯子往下看。不久，她馬上驚叫起來：「媽媽，媽媽，爸爸的那條蛇跑到你的花園裡去了。」

蜜蜂

在某個天體營海灘，一對夫婦正躺在沙灘上曬太陽。這時，飛來一隻蜜蜂，一頭鑽進了那女人私處，兩人都被嚇呆了，丈夫急忙用一件外套蓋住妻子的身體，自己也穿上了褲子，開車飛速將妻子送到醫生那兒。

醫生檢查後，對他們說因為蜜蜂鑽得太深了，用鑷子無法將牠夾出來，需要在丈夫陽具上塗上蜂蜜，然後把蜜蜂粘出來。

塗上蜂蜜後，由於剛才的驚嚇，丈夫無論如何也無法勃起，醫生便說，如果他們不介意的話，他可以代勞。

夫婦倆由於怕蜜蜂在裡面待太久會造成傷害，只好同意了。塗好蜂蜜後，醫生就將自己的陽具插進女人的私處裡。誰知，他越插越起勁，竟沒有半點要拔出來的意思。

丈夫忍無可忍，大聲喝斥道：「喂！你這樣到底在幹什麼？」

醫生滿頭大汗地回答：「我臨時改變主意了，現在我要把這隻小東西淹死在裡面。」

蘿蔔不可靠

某天，一個老尼姑用試管裝了一瓶她的尿液，叫小尼姑拿下山去給醫生化驗。

小尼姑走著走著，一不小心把那一瓶尿給打翻了，全都灑到了地上。

她怕被罵所以開始哭，一位路過的婦人看到了就叫小尼姑不要哭，小尼姑說她不小心把老尼姑的尿給打翻，怕要挨罵了。

婦人安慰她說沒關係，並自告奮勇尿了一泡在試管裡叫小尼姑拿她的尿去給醫生。

一星期後，老尼姑收到化驗報告，裡面說她懷孕了。老尼姑驚叫了一聲：「天哪！這個年頭連蘿蔔都不可靠！」

不知怎麼死的

有三個男人在天堂的入口遇到一位天使，天使就問他們三人是怎麼死的。

第一個人哭喪著臉說：「那天我起床太晚了，衣衫不整就急忙下樓，準備招計程車。可是，好死不死的從天空就掉下來一台冰箱，於是我就死翹翹了……嗚——」

第二個則說：「我那天出差，提早回來想給老婆一個驚喜，沒料到聽見房間有男人的聲音，我就很生氣地走了進去，不料沒看到人，我就去窗外看了一下，呵呵！有個傢伙衣衫不整的急忙想招計程車逃走，我就把冰箱給砸下去了……嗚——然後我就被判刑槍斃了……」

第三個則說：「我才冤咧！我正在和新泡上的美眉溫存，她老公突然回來了，一時情急之下，我就躲到冰箱中，接著聽到碰的一聲，我啥也不知道，然後就來報到了——」

小雞雞

新婚夫婦在一夜的溫存之後，滿意的丈夫有點擔心老婆的純潔問題，於是指著那話兒問道：「親愛的！你都叫它什麼？」

老婆道：「小雞雞啊！」

先生為太太的純真感到滿意，接著說：「我們都是成人了，以後要叫它陽具！」

太太一臉藐視地說：「陽具呀我看多了！你的那東西只能算是小雞雞」

小浣熊

有一天，一隻小浣熊跑到妓院想要嫖妓。牠偷偷潛入一間幽暗的房間，看到一個妓女躺在床上，就偷跑過去舔她的下體。

過了不久，小浣熊要開溜了，卻被妓女叫住。妓女說：「小浣熊，你還未付錢唷！」小浣熊說：「我為什麼要付錢呀？」

妓女於是搬出《大英百科全書》，查閱「妓女」一詞給小浣熊看。妓女說：「小浣熊，你看，百科全書上寫著：妓女，以性行為交易金錢為職業的人。所以你要付錢，了解嗎？」

接著，小浣熊也迅速的將《大英百科全書》翻到有「小浣熊」的一項，指給妓女看，只見百科全書上寫著「小浣熊，喜歡吃雜草的動物」。

唐伯虎畫蝴蝶

相傳一代才子唐伯虎的蝴蝶畫得非常傳神，有一姑蘇女子前往討教遭拒，遂鑿窗偷藝。

一日見伯虎取一大盆，倒滿墨汁舖好宣紙，寬衣解帶，將屁股浸入其中，再往宣紙上一坐，便見栩栩如生的蝴蝶赫然躍於紙上。

女大喜，以為得法，乃如法炮製一幅去伯虎處炫耀。伯虎見畫連說不像，女不解，曰：「畫法一樣，為何不像？」

伯虎笑曰：「你的蝴蝶沒有頭。」

我不抽煙

小馬熱戀著一個噴火女郎，很想向她求婚，可是由於他身體那部位發育不全，有點自卑，所以不敢開口。

一天晚上，他帶她到一個很黑暗的地方，把女郎的手放在那部位看她有什麼反應。不料，她竟說：「對不起！我不抽煙的。」

性機器

甲乙丙三人在研究機構工作，有一天，外面送來了一台性功能測試機，他們三人便想測試看看，誰的能力較強。

首先，甲就把自己的性器官放進去，電腦說：「你的家庭會很幸福。」接著，乙也把自己的性器官放進去，電腦也說：「你的家庭會很美滿。」丙不甘示弱，也把自己的性器官放了進去。結果，電腦說：「先生，請不要把牙籤放進來開玩笑。」

小仙女

話說有個醜男，很不小心的救到了一個小仙女，很幸運的，小仙女給了他三個願望。

後來，醜男興奮地在街上閒逛著，突然間他看到了一張藍波的海報，於是他便許下他的第一個願望：「我要和他一樣壯！」

砰地一聲！醜男突然間變得很壯，於是，他得意地在街上狂笑漫步著。路人以為他是瘋子，紛紛走避。

忽然，醜男又看到了一張湯姆克魯斯的海報。「我要和他一樣帥！」醜男向天狂吼道。

砰地又一聲！一個又帥又壯的男人出現在街上，路過的美眉都投以羨慕的眼光。於是，「帥男」又在街上閒逛著。突然間他看到有人在賣牛，來自鄉下的他想起牛的性器官超大，靈機一動他便指著那頭牛說：「我要和牠的那個一樣大。」邊說邊流著口水，他暗自偷笑的許下第三個願望。

「看誰今後敢再看不起我，我又大，又帥，又壯！」他在心裡偷偷的想著。

於是又砰地一聲，第三個願望實現了，他的那個竟然不見了原來他指的那隻是母牛！

休息一下

某天，在辦公室裡，有三個男同事在比誰持久。

甲說：「昨天晚上我和我老婆來了四次，早上我老婆還對我說老公我好崇拜你。」

乙說：「我昨天和老婆來了六次，隔天早上我老婆說她再也不會愛別人了。」

大家就問丙：「你和你老婆昨晚來了幾次？」

丙有點害羞地說：「一次。」

大家聽了都很不屑，便再問：「那早上你老婆和你說什麼？」

丙說：「她說，老公我們休息一下好嗎？」

門徒

有一天，耶穌把他的三十六個門徒帶到山下說：「你們大家先拿兩顆石頭，然後跟我一起上山。」其中，有一個名叫撒旦的，就拿了最小粒的兩顆石頭上山。

到了山上，耶穌對大家說：「現在拿你們手上的石頭，來換我的饅頭。」

結果，撒旦換到最小的饅頭，於是他懷恨在心。

第二天，耶穌一樣把門徒帶到山下，叫他們先拿兩顆石頭上山。撒旦這次學乖了，他拿兩顆很大的石頭上山。到了山上，撒旦氣喘如牛，耶穌開口說：「你們用你手上的石頭丟向前去，丟越遠饅頭越大。」結果，撒旦丟了二十公分遠，還是換到最小的饅頭，氣得他都快吐血了。

第三天，耶穌一樣叫大家拿石頭上山。撒旦又想：「大石頭可換大饅頭，小石頭可以丟很遠，我拿一大一小就萬無一失了吧！」於是，撒旦很高興地拿一大一小的石頭上山。到了山上，耶酥高興的說：「你們跟我上三次山，一路辛苦，為了答謝你們，我把你們手上的兩顆石頭變成你們下面那兩粒！」撒旦聽到，馬上昏倒。

從此以後，撒旦就背叛耶穌，一直想害死耶穌。

3

熱身！這個笑話有點色

「男人的小弟弟是『股市穩定基金小組』。」

「為什麼？」

「明明不行了還要硬撐。」

化妝舞會

陳小姐有一次去參加化妝舞會，結果被保全人員擋在門口。保全人員要求她必須有所化妝打扮，才可以進場，陳小姐一怒之下就找個電話亭馬上變裝。

她回到舞會現場，保全人員見陳小姐除了腳上的那雙長靴之外，根本是一絲不掛，就問：「妳倒說說，妳是打扮成什麼？」

陳小姐悠悠地回答：「黑桃五。」

換人敲敲看

有一對夫妻性慾十分旺盛，做愛對他們來說是一件非常重要的事，幾乎就和吃飯、睡覺一樣，每天都不能沒做。

就連老婆懷孕到第八個月時，他們也不例外的要做這件事。後來，老婆終於順利地生下了一個非常健康的小男嬰。

這個寶寶一看到醫生就問：「你是我的爸爸嗎？」

醫生連忙回答說：「我不是，站在旁邊那個才是你爸爸。」

於是小寶寶便對他老爸說：「你是我的爸爸嗎？」

他爸爸說：「是啊！」

只見小寶寶隨手抓起一根木棒，敲了他爸爸的頭好幾下說：「我這樣敲你，你會不會很痛？幹嘛一直敲我的頭？」

切片裝置

比爾在醃黃瓜工廠工作，他已經在那裡工作很多年了。有一天他回家跟太太告解，說他有個很可怕的衝動。他一直有個想把自己的小弟弟插入醃黃瓜切片裝置的念頭。太太建議他，應該找性治療師談談這個問題。但是比爾實在羞於啟齒，便打算要自己來克服這個衝動。

數週後的某一天，比爾臉色死灰的回到家，他太太馬上就警覺到事態嚴重了。

「發生什麼事了，比爾？」她問道。

「妳還記得我告訴過妳，那個想把自己小弟弟放入醃黃瓜切片裝置的可怕念頭嗎？」

「哦！比爾！你該不會……」

「對，我做了！」

「老天！比爾，結果呢？」

「我被開除了。」比爾兩手一攤地說著。

「不，比爾，我是問那台醃黃瓜切片裝置發生了什麼事？」

「噢……她也被開除了。」

別敲我的頭

一個男人帶著他的寵物鱷魚走進一間酒吧，他把鱷魚放在吧台上，然後轉身對驚訝的酒客們說：「跟大家做個交易，我將把鱷魚的嘴打開，把我的老二放進去，然後讓牠合上嘴巴。一分鐘後再打開，我會將我的傢伙毫髮無傷的取出來，屆時你們每個人都得請我喝一杯，以做為目睹這個奇觀的回報。」

群眾喃喃低語的允諾。那男人站在吧台前脫下褲子，把他的小弟弟放進鱷魚的嘴，在觀眾屏息中，鱷魚合上了牠的嘴。過了一分鐘後，那男人拿一個啤酒瓶用力敲打鱷魚的頭部，鱷魚張開嘴，那男人果真毫髮無傷的取出他的傢伙。

群眾們歡呼，並送上飲料給男人。不久，那男人又站出來提出另一個提議：

「我出一百元，給任何膽敢試試看的人。」群眾間一陣沈默，過了一會兒，酒吧後方有人舉手了。

一位風韻猶存的老婦人羞怯地說：「我可以試試看，但你要答應我不能用啤酒瓶敲我的頭。」

幼年性教育

一日，才讀國小一年級的摩摩很好奇的問阿姨：「阿姨，什麼叫交配？」

「噢，就是公的和母的生小孩！」

「那什麼是繁殖呢？」他又問。

「就是生小孩嘛！」

「那什麼是口交呢？」他再問。天啊！阿姨心想居然他連這詞都知道。好吧！反正騙他也不是第一次，便說：「哦！意思是用嘴巴和人『交談』、『溝通』。」

「那肛交又是什麼？」他還是滿臉迷惑地追問。

阿姨心想，反正剛才也已經騙他了，騙人就騙到底：「你說肛交啊！就是在浴『缸』裡洗澡嘛！」

過了幾天，阿姨看到摩摩寫了一篇作文，題目是「我的家庭」。正在欣賞之際，居然發現裡面有一段驚人之語：我有一個幸福的家庭。由於爸媽的努力「交配」，於是「繁殖」出我和弟弟。

我和弟弟感情很好，每天我都在浴室和他「肛交」。我們一面洗澡一面「口交」。如果我們在浴室玩得太久，媽媽就會走進來和我們「口交」，好讓我們快點結束玩耍。我的家庭真幸福……

唱哆啦A夢

有一位父親，擔心即將嫁人的女兒被老公欺負，在女兒的新婚之夜，囑咐女兒：行房時，如果感覺很痛，妳就趕快叫爹；如果感覺很爽，就唱卡通『哆啦A夢』的主題曲。」

到了洞房花燭夜，父親很緊張的倚在門邊，仔細聆聽著。結果，他聽到洞房裡傳出：「爹爹爹爹爹爹爹，爹爹爹爹爹爹爹，」仔細一聽，她的女兒是用『哆啦A夢』主題曲的旋律哼著。

證明性別

有一天，小敏跟媽媽說：「媽，今天在學校時男同學們都說我不像女孩子，而且動作很粗魯！」

她媽媽說：「那又怎樣？」

她說：「所以呀！我就證明給他們看。」

她媽很緊張的問道：「妳怎麼證明？」

她說：「拿身份證給他們看，不就得了！」

吃丸補丸

我有個朋友告訴我，他高中時發生的真實笑話。

他有個朋友和學妹一起去吃甜不辣，吃到一半，因朋友不喜歡吃豬血，所以便把豬血丟給學妹，並認真地告訴她：「吃血補血嘛！」

正當朋友正洋洋得意於自己的聰明時，學妹也丟了一顆貢丸給他，不甘示弱的回了一句：「吃丸補丸哦！」

勃起

有一天，中美日三國的考古學家到一處熱帶雨林去探險，突然遇到當地的土著，被他們抓了起來。這三人被抓後，心想可能會遭遇不測。

這時，酋長說只要他們三個的小弟弟加起來有二十公分的話，就放他們走。經過測量，美國學家有十二公分，中國學家有五公分，而日本學家則有三公分，就這樣，他們逃過了一劫。自由之後，美國人就開始自傲，說：「嘿！要不是我的有十二公分，你們早死了。」中國人也說了同樣的話，這時日本人突然說了：「哼！要不是我勃起，你們早就完蛋了！」

龜頭的功用

這是國際衛生組織（ＷＨＯ）的一份報告：

ＷＨＯ最近在全世界各國做一項醫學研究，題目是：「男性陽具前的龜頭功用是什麼？」

俄國人投入了一百萬美元和頂尖醫學人員研究，搶先提出答案：「龜頭的功用，是在使男人做愛時有更大的快感！」

法國人不落人後，也投入了一百萬美元和頂尖醫學人員研究，接著發表結論：「龜頭的功用，是在使女人做愛時更有快感！」

最後，波蘭人只用了二.九五美元，便找出了答案：「龜頭的功用，是在防止手掌滑落！」

奶油玉米

男子甲和男子乙在沙漠中行走，因為缺水快要活不下去。他們遍尋水源，久久不獲之際，終於發現一個沙漠中的小屋，便上前敲門求助。結果，一個肥肥壯壯，毛髮蓬亂，味道難聞，奇醜無比的女子出來應門。

男子甲向那女子說明他們的處境，請求她賞點水給他們喝。

女子回答：「沒問題，只要你和我上床。」

男子甲對她說：「饒了我吧！我情願渴死在沙漠裡也不要碰你那噁心的身體！」

男子乙則為了要活下去，答應了她的條件，和那女子進門去，留男子甲在門外等候。

兩人進門之後，那女子就叫著：「上我吧！上我吧！」

男子乙說：「可以可以，不過，你必須把眼睛閉上我才肯幹。」那女子接受了這項要求，閉上眼睛等男子乙為她服務。

男子乙看了看四周，瞧見有個桌子堆滿了玉米，他隨手抓了一根就代替自己的性器官來為那女子服務，搞了一陣子之後就將用過的玉米丟出窗外，以免被她識破。

那女子睜開了雙眼要求他再來一次，男子乙接受了她的要求，再抓一根玉米如法泡製。

那女子終於感到滿意，同意給男子乙和在門外的男子甲水喝。

男子乙打開門叫男子甲進來，告訴他那女子願意給他們兩人水喝了。

男子甲聽了之後，回答說：「我可不可以不要喝水？剛才你丟出來的奶油玉米我倒想再多吃幾根！」

變臉

在舊金山有個嬉皮跳上了公車，他一上車就瞥見一位非常迷人的修女。

嬉皮上前對那修女說：「我真想和你上床！」

修女聞言頗感震驚，隨即賞了那嬉皮一記耳光，然後在公車一靠站就趕緊下了車。

這件事情被公車司機目睹了整件事情的發生，他向那嬉皮說：「喂！如果你真想和那修女上床，我有辦法。」

嬉皮馬上洗耳恭聽，公車司機說道：「每個星期二的下午三點鐘，那修女都會到第三公墓念誦祝禱文，你要戴好面具出現在她面前，對她說：『我就是上帝！』，然後，你想對他幹什麼，她都會依你。」

嬉皮把這個奇招記了下來，決定下回試看看。星期二到了，果真如那公車司機說的一般，嬉皮見到那修女在第三公墓下了公車，便尾隨到人少的地方趁機跳到她面前，以裝扮成上帝的模樣對修女說：「我就是上帝！我一直在傾聽妳的禱告，妳必須奉獻妳的身體給我。」

那修女聽了以後，表示希望能保持處女之身，所以請他從她的「後門」進行性行為。

嬉皮同意了她的請求，於是他們就開始嘿咻嘿咻。

當他們辦完事之後，那嬉皮拉下面具，笑著說：「哈哈！我不是上帝，我是那個被你打了一巴掌的嬉皮。」

接著，那修女也扯下了面具，說道：「哈哈！我不是修女，我是那個公車司機。」

4 搞笑男女雙響砲

老婆：「那你幹嘛一直撫摸人家那裡？害我……」

老公：「沒有啦……手溼溼的比較好翻書嘛！」

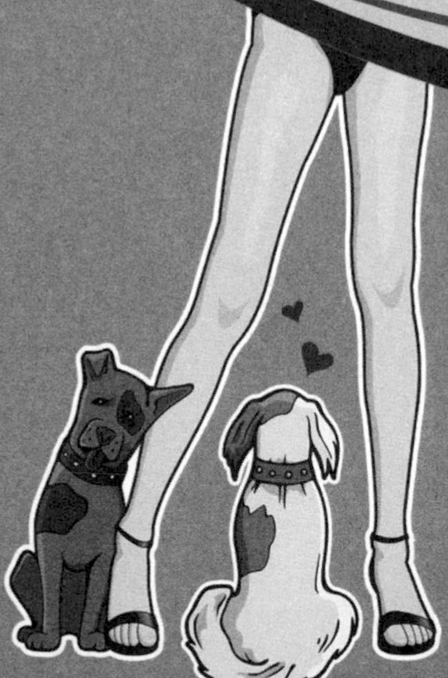

種牛

一對夫妻參觀農場，主人很驕傲的介紹一隻冠軍種牛。

太太問：「牠一禮拜交配幾次？」

農場主人說：「五、六次。」

太太隨即以鄙夷的語氣對先生說：「你看！人家一個禮拜五、六次。」

農場主人連忙替那位先生解圍道：「當然，我們從不讓牠老是和同一隻母牛交配。」

女人的力量

男孩：「如果我緊緊地靠著妳，妳會怎麼樣？」

女孩：「我當然會反抗！」

男孩：「如果我拉妳的手，妳會怎麼辦？」
女孩：「我會反抗。」
男孩：「如果我摟住妳的腰，妳會怎樣？」
女孩：「我還是會反抗。」
男孩：「如果我強吻妳呢？」
女孩：「我仍然會反抗。」
男孩：「如果我想和妳……」
女孩：「你有完沒完啊！你難道不知道，女人的力量是很有限的嗎？」

斷腿

有個斷腿男人在新婚之夜，決定告訴他的妻子這個事實。當兩人在房間獨處時，男人說：「待會兒有一件令妳吃驚的事，請妳不要害怕。」

說完後把燈熄了，在黑暗中他將妻子的手引到自己拆掉義肢的大腿上。

這時，妻子說話了：「啊！真是讓我大吃一驚，不過我大概還受得了……」

墨水

某姑娘要嫁人了，但她已非處女身，就請教她的嫂子怎麼辦。

嫂子說：「我教妳，明天妳就帶一瓶紅墨水，晚上妳丈夫一定會累得睡著，到時候妳再把紅墨水倒在白布上，不就得了！」

隔天，那姑娘要被送上花轎時，才發現自己忘了帶紅墨水，就趕緊進房裡，隨便拿了一瓶墨水，又衝進花轎裡。第二天早上，雙方家長到新人房裡，拿起檢驗落紅的白布一看，竟是一片綠色！

原來，那姑娘拿錯了瓶子，拿的是綠墨水，這下怎麼辦？正想解釋，她母親卻哇的一聲哭了出來：「你們的兒子好狠啊！竟把我女兒的膽囊都給戳破了！」他們急著想找新郎來解釋，才發現新郎不見了。後來他們在柴房裡找到新郎時，他正用柴刀輕輕的刮他那話兒，原來他沾到那綠墨水，怎麼洗都洗不掉，只好用柴刀刮。

那姑娘的母親看見新郎的舉動，大叫：「啊！太過份啦！居然要把那東西削尖來戳我女兒！」

將軍

一位老兵從沙場退役回來，到將軍家裡當僕役，將軍夫人問他隨從長官多年的觀感。

老兵說：「將軍很性急！」

夫人說：「何以見得？」

老兵說：「我在將軍房外站崗，將軍常在房裡說要快一點！」

夫人臉色稍變，問說：「還有呢？」

老兵說：「將軍常牙痛……」

夫人說：「是嗎？」

老兵說：「因為，他常在房裡唉唉呀呀叫！」

夫人一愣，說：「還有嗎？」
老兵說：「將軍還有氣喘病啊！」
夫人說：「何以見得？」
老兵說：「將軍常在房內呼吸沉重！」
夫人臉色轉白，說：「還有呢？」
老兵說：「將軍治兵甚嚴！每每聽他說不合意，要換姿勢！」
夫人臉色變青，氣呼呼說：「還有嗎？」
老兵說：「沒有！最後將軍總會說要出來了！」

射在外面

某對男女在親熱之前，發現保險套用完了。
女子：「你等一下要射在外面，不可以射在裡面哦！」
男子：「好啦！我知道了啦！」一陣翻雲覆雨之後，男子跳了起來跑去開窗戶，女子不解：「你在幹什麼？」

男子：「你不是說要射在外面嗎？」

熱狗

二位年輕的修女有機會到美國去。臨行前，大修女告訴她們一定要利用這機會嚐嚐美國熱狗。

她們抵達紐約後，便直接到熱狗攤販那買了兩條熱狗。

第一位修女拿到熱狗後，便打開包裝紙瞧瞧熱狗的樣子。

她驚訝說：「哇！你猜我拿到狗狗的哪一部份……」

歪哪邊

某家庭主婦總能準確預測是否下雨，甚至連雨下在公寓的哪一邊，都能猜得準確無誤。

以下是某電視新聞台記者採訪的經過：記者：「這位太太！你衣服就晾在西邊陽台，你怎麼知道今天東邊會下雨？」

太太：「很簡單啦！我都是早上起來看看我老公的小弟弟歪向哪邊，再作判斷的啦！歪東邊我就晾東邊，歪西邊就晾西邊說很準哦！」

記者：「嗯……那如果直直指向天空，沒有歪向任一邊呢？」

太太：「三八啦！如果直直的沒歪，人家哪有心情晾衣服？」

溫度計

有個丈夫提早下班回家，看到自己的妻子與隔壁的醫生正躺在床上。

「你們這是在幹什麼？」

「你別誤會了，我是在為尊夫人量體溫。」醫生急忙辯解。

「哦！是嗎？如果你插入我老婆身體的那個東西沒有刻度的話，你就死定了。」

戒急用忍

幾年前一位台商到大陸投資，並在當地娶一位年輕漂亮的大陸新娘。

在洞房花燭夜，兩人親熱到一半時，大陸新娘忽然大笑好幾聲：「哈哈！你們台灣終於被我們包圍了！」因為，她的兩腳已緊緊勾住了新郎。

台商掙扎著說：「那可不一定哦！我們還有金門、馬祖兩個小島在外面守著呢！」

車禍

有一部車子因為失速，撞上電線桿。車中有一個女人因沒綁安全帶，從車內飛了出去。當警察趕到現場時，發現坐在駕駛座的男人褲子上滿是血跡，還一直怪叫。警察說：「喂！你就別叫啦！你已經是很幸運了，沒像那個女人飛了出去。」

男人說：「噢……警察伯伯，你難道沒看見她手上握的是什麼嗎？嗚嗚……痛死我了啦！」

車庫忘了關門

張君是某一家公司的總經理，阿麗則是他的祕書。在某次董事會議中，阿麗突然發現總經理的褲子拉鏈沒拉上，

趕緊小聲地對張總說：「您的車庫忘了關門。」

張總在大夥不留意時，趕緊將拉鏈拉好。回到辦公室後，張總對阿麗說：「妳剛剛有沒有在我的車庫裡，發現一輛加長型的凱迪拉克？」

阿麗有條不紊地答道：「沒有，我只看到一輛洩了氣的兩輪國產車。」

我要下車

有一個頗具姿色又打扮得很時髦的女人上了公車，車上所有男士的眼光都集中在她的身上，唯有一個戴墨鏡的中年男子對她瞧也不瞧一眼。

那個女人很生氣，心想：「居然不看我，好，我一定要讓你瞪大眼睛看我！」於是她特地走到那人的座位旁，把肩膀露出來，車上的男人都瞪大眼睛看，唯獨那個中年人還是不理不睬。

那個女人不放棄努力，漸漸把衣服一件一件脫掉，車上的男人個個看得血脈賁張，其它女人則個個尷尬。

結果，那個中年男子還是無動於衷。那個女人在忍無可忍的情況下，慢慢把迷你裙的裙腳拉高，微微露出小內褲。

果然，那個男士有動靜了！只看到他用力吸了兩口氣說：「啊！有死魚的味道，魚市場終於到了，喂！司機，我要下車！」原來，他是一個瞎子。

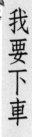

警棍

有一位女警，警局分配了一隻警犬給她。她為了要與警犬建立感情，便將牠帶回家一起住。這位女警向來有裸睡的習慣，有一天早晨突然有人按門鈴，女警一時找不到內褲，於是她叫狗來聞聞她的私處，要狗把她的內褲找出來。

結果，狗兒咬了一根警棍給她。

寂寞的眼

有一天，某位電臺主持人接到一位男同性戀者的 **call in**。

他說：「我的男朋友好久都不來找我，因此，我要點一首歌給他，讓他知道我真的很想他。我要點的是周華健『寂寞的眼』，聽好，是寂寞的『眼』哦！」

保證書

新娘在結婚的前夕，與前任男友舊愛復燃，一時情慾焚身便上了床，由於沒有帶保險套，就用包火腿的塑膠膜代替。

做愛時膠膜脫落，留在新娘體內沒有取出。結婚當天晚上，那片膠膜又黏在新郎的寶貝上，新郎詫異地問：「這是什麼東西？」

「是我的處女膜。」新娘故作嬌羞地說。

「哦！附有品質保證書的處女膜？我倒是第一次看到。」新郎好像很有經驗地回答說。

擺地攤

有一對住在山上的兄弟感情很好，哥哥娶了老婆一家人還是住在一起。

一日夜裡，哥哥對老婆說：「我有『本錢』，妳有『店面』，我們來『作生意』吧！」

於是，兩人就巫山雲雨了起來，弟弟隔著牆壁聽到，一時慾火高漲，就抓了毯子到門外「自力救濟」去了。

不久，嫂子完事後出去欲清洗，發現小叔還在ＤＩＹ，便大驚轉身拉丈夫出來看。

哥哥說：「弟！你在幹嘛？」

弟弟說：「你們有本錢和店面作生意，我只有本錢，難道不可以擺地攤嗎？」

原封未拆

小齊出了車禍，身上沒什麼傷，只有命根子有些破皮擦傷，於是醫師替他把那裡包紮好，說一個星期後拆掉紗布便可痊癒。

兩天之後，是小齊的新婚大喜，洞房之夜，新娘以極誘人的姿態緩緩脫去衣服。

當她褪下胸罩時，說道：「親愛的，這裡從沒被人碰過的。」等她脫得一絲不掛時，用手掩住私處，說：「親愛的，這裡還是原封，從來沒有男人進去過呢！」

小齊聽到這裡，急忙脫下了衣褲，指著自己的寶貝說：「親愛的，妳看，我這寶貝連包裝都還沒有拆呢！」

威而剛

小王從醫生那裡買了威而剛，回家準備等老婆回來。他打電話給老婆，老婆說一個小時回來。小王心想正好，醫生說要在一個小時前吃威而剛，他便吃下威而剛，開始等。一個小時過了，小王已經蓄勢待發了，但是老婆還沒回來。小王急了，打行動電話給老婆，老婆說塞車，還要兩個小時才能到家。

這一下小王傻了眼，打電話問醫生要如何處理。

醫生認為浪費一顆威而剛太可惜，問小王有沒有女傭可以代為解決。

小王說，有女傭，但是跟女傭在一起不需要威而剛。

買香腸

某個男同性戀有個性怪癖，喜歡用條條棒棒的東西和自己的屁屁玩遊戲，有時候也會拿香腸試試。

他聽說台北士林夜市賣的香腸特別大條，於是就千里迢迢跑去找，皇天不負苦心人，終於給他找到那個傳說中的士林香腸攤。

他對老闆說：「老闆，請給我兩條香腸。」

烤了一陣子，老闆說：「好！香腸烤好了。先生，你的香腸要切片嗎？」男子面露不悅的表情說：「你把我的屁股當撲滿嗎？」

相信有巫婆

小李近來霉事連連：被老闆炒魷魚不說，錢被人倒了、連老婆也跟人跑了。

小李在心灰意冷之餘，走著走著來到一座橋畔，不禁想跳下去，了此一生。就在此刻，有一個老婆婆制止了他：「年輕人，有什麼想不開的非要跳河不可呢？」小李只好把一切經過，詳細地告訴了老婆婆。

老婆婆說：「沒關係，我是一個巫婆，只要你肯和我做愛，我保證不但你從前擁有的一切都可以再恢復，而且你的財產還會再增加一倍。」

看著那老婆婆又黑又醜，滿身髒兮兮不知道多久沒洗過澡了，小李心裡實有萬分的不願。但想起了所失去的一切可以重回，便咬牙答應了！

過了一星期，只見小李怒氣沖沖跑到那座橋畔，去找那巫婆理論：「為什麼妳答應我的一切都沒有實現？」

「你幾歲了？年輕人。」巫婆心平氣和地問。

「三十二歲了。」小李回答。

「嘿！居然有人三十二歲了還相信世界上有巫婆這回事！」

聖水

某日，有一教堂舉行新進修女的受洗儀式。主持的老修女說：「妳們這些新來的女孩子們，在神前必須要好好的懺悔。這裡有一盆聖水，妳們就一個一個過來，看哪裡碰過男人的那個地方，就以聖水把它洗一洗吧！」

第一個進來的，用聖水洗了洗手。老修女說：「嗯，還好！只是用手而已。」

第二個進來的，用聖水洗了洗眼睛。老修女想了一下，說：「原來妳只用看的，很好！很好！」第三個進來時，突然第四個也衝了進來，搶在她前面。老修女問：「孩子，妳為什麼插隊呢？」第四個女孩子說：「我才不要用她洗屁股的水來漱口呢！」

黑色保險套

某個陰雨綿綿的下午，一個穿著黑色西裝面帶憂愁的中年男子，緩緩的進入一家西藥房。

藥房老闆見了他便親切的問：「先生您看來氣色不佳，是否哪裡不舒服？需要什麼種類的藥？」

那位中年男子卻淡淡說道：「請給我一盒全黑的保險套！」

藥房老闆滿臉疑惑的翻遍了整個藥房，都找不到黑色的保險套，便對男子說道：「對不起，我店裡沒有你要的那種，不過還有很多其他款式新穎的保險套，您何不試試，難道一定要黑色的？」

中年男子無奈的嘆了一口氣說：「事情是這樣的，我的結拜兄弟前幾天不幸過世了，我要去安慰他老婆，基於禮貌，我應該用黑色的保險套！」

記憶力

小白和阿利邊喝酒邊聊天。小白：「我的記憶力超好，當初在我媽肚子裡的時候，我爸的小弟弟多久來看我一次我都還記得。」

阿利：「那有什麼了不起！早在我還在老爸身體裡的時候，我就和我雙胞胎弟弟打賭，我們到底是會進到老媽的肚子裡，還是那個祕書的肚子裡……」

太太之死

一個男人到醫院探望他已經昏迷許多年的太太，這一次他決定撫摸他太太的左乳房，而不是只有對她說話。

他發現，在撫摸的時候他太太竟然有點動靜。男人趕緊跑去告訴醫生，醫生認為這是好現象，建議他試著同時撫摸兩邊的乳房，看看會有什麼反應。

男人回到病房同時撫摸他太太兩邊的乳房，結果使她發出一聲呻吟。

醫生建議他再試試口交的方式，並說自己會在外面等，因為這是個人隱私，而且醫生也不想讓那男人感到難為情。

那男人進去之後過五分鐘就出來了，臉色蒼白得像床單，並告訴醫生他太太死了。

醫生驚訝地問說發生什麼事情，那男人回答：「呃……她看起來應該是噎到了。」

定力大考驗

阿榮、阿德與阿文三人，為追求武士道精神而前往日本。辛苦的跑遍了整個日本後，終於找到一位著名的老師父，老師父出了很多的難題給他們，以決定他們是否有資格成為入門弟子。

雖然考驗是一道又一道，但他們都一一的通過。

終於，來到最後一道考驗定力。

老師父要三人到大廳內排排站：「現在考驗你們的定力，請你們把身上所有的衣服全部脫光。」老師父在每個人的小弟弟上都吊了一個鈴鐺，然後請來日本當紅女明星小澤瑪莉亞上場。

她二話不說，開始寬衣解帶。突然，「叮叮！」，阿榮的鈴鐺響了。

老師父搖頭：「定力不夠。這幾天辛苦了，去洗澡休息吧！」

過一會兒，小澤瑪莉亞開始大跳豔舞。「叮叮叮！」阿德的鈴鐺也響了。

老師父：「唉！你也不行，下去洗澡休息吧！」剩下阿文一人，小澤瑪莉亞使出渾身解數開始大跳鋼管舞。沒想到，阿文就是不為所動。老師父高興的說：「不錯！你的定力非常好。好！這幾天你也辛苦了，你就下去跟阿榮、阿德洗澡吧！」

當阿文走進澡堂時，便開始傳出「叮叮叮叮叮叮……」

撒尿滅火

一個男人在街上碰到一個妓女，男人說：「我們找個地方去辦事吧，我有一百元。」

妓女說：「一百元只能讓你看一看。」

「好吧！」男人答。於是他們到了一個無人的小巷裡面，妓女拉下褲子，男人跪在地上開始視覺的滿足。由於天很黑，他看不清楚，於是就點燃了打火機。

男人說：「嘿，妳的陰毛真的好漂亮好密、好多、好亮啊。」

妓女說：「謝謝！」

男人說：「對了，我能問妳一個私人問題嗎？」

妓女說：「你問吧！」

男人問：「妳撒一泡尿的話，能把所有的陰毛都浸濕嗎？」

妓女說：「當然可以。」

男人說：「那妳最好現在就開始尿，因為你下面著火啦！」

鑰匙不對

從前有一位將軍，娶了一個年輕貌美的老婆，讓將軍成天擔心老婆會紅杏出牆。

某天，將軍要帶兵出征，深怕老婆會趁機害他戴綠帽，就鎖了一副貞操帶在老婆身上。

將軍找來他最信賴的副官，把鑰匙交給他並交代說：「鑰匙要收好，等我回來時交還給我。」

於是，將軍很放心地帶著部隊打仗去了。才出城門不久，副官快馬追來說道：

「報告將軍，您鑰匙給錯了！」

5

女人不要做作！

老練的父親已瞧出獵人的壞念頭，就在女孩要進房前，特別交代她說：「如果他摸妳的手，妳就叫蘋果，如果摸妳的腿，妳就叫香蕉，爸爸會和他拼了！」

到了半夜，真的聽到女兒的叫聲，她喊著：「什錦水果、什錦水果！」

還在數

男女激情過後，男人問女人：「我是妳第幾個男人？」女人望著天花板而不回答。過了一會兒，男人又問了一遍，並帶著歉意地說：「我知道這樣問不太禮貌，但我實在很想知道。」

女人顯出了不耐煩的樣子：「別打岔，我還在數啦！」

什錦水果

有一位獵人，去森林打獵，到了後來夜色朦朦，再加上肚子開始餓了，獵人便就近找了一戶人家投宿。

這戶人家只有一對父女，他們很熱誠地招待獵人。吃飽了以後，這個獵人就飯飽思淫，一心想跟女兒一起睡覺覺。

由於房間不夠，他真的必須和那個女兒共處一室度過漫漫長夜。還好，老練的父親已瞧出獵人的壞念頭，就在女孩要進房前，特別交代她說：「如果他摸妳的手，妳就叫蘋果，如果摸妳的腿，妳就叫香蕉，爸爸會和他拼了！」

到了半夜，真的聽到女兒的叫聲，她喊著：「什錦水果、什錦水果！」

在外面

一天下午，一對校園情侶走在校園裡。

男：「最近聽說Ｎ大發生性騷擾事件……」

女：「對呀！噁心死了！」

男：「那這樣算不算性騷擾？」（男的伸手摸女的屁股。）

女：「喂！拜託！在外面不要啦！」

男：「那妳的意思是一定要伸到裡面才算嗎……」

通靈

一位先生因車禍而喪生，他老婆透過靈媒與他進行陰陽之間的溝通。

老婆：「老公，老公，你在哪裡？你聽得到我說話嗎？」

老公：「是的，親愛的，我聽到妳說話了。」

老婆：「噢，親愛的，你現在住的是什麼地方呢？」

老公：「這裡天空總是清澈湛藍，還有柔和的微風，漫山遍野都充滿著鳥語花香。」老婆：「那你們整天都在做些什麼事呢？」

老公：「我們天亮時起床，用過早餐後就只有性生活，直到中午用過午餐後，又再繼續嘿咻，一直到晚上。晚餐後也還是一樣繼續嘿咻，然後我們就睡覺、休息。第二天醒來，又是另一整天性生活的開始。」

老婆：「哇！老天，難道天堂就是這個樣子的嗎？」

老公：「天堂？我根本就不在天堂，我現在是在台糖，是一頭種豬。」

盒子裡的祕密

有一個人向女友求婚，在答應他的求婚之前，女子表示她在床下藏了個鞋盒，並要他答應絕對不能去看盒子裡的東西。

男子說他能夠理解，因為他也不喜歡人家去翻他的皮夾，也同意了絕不會去偷看鞋盒裡的東西。

五年過去，他們一直過著幸福的婚姻生活。有一天，先生獨自在家，他的好奇心戰勝了理智，於是他把鞋盒打開，看到裡面放著三顆蛋和五千元的現金。他對此事感到莫名奇妙，當妻子回家之後，便向她坦承自己偷看鞋盒的事。

「現在，你可以告訴我這些東西代表什麼嗎？」先生問道。

「可以，」妻子回答說：「我每外遇一次，我就會在鞋盒裡放一顆蛋。」

男子聽了愣住，但後來他想了一想，五年中有三次外遇應該還不算太壞，他深深吸了一口氣，接受了這個事實。

「那五千元又代表什麼呢？」男子又問。

「每次累積到一打蛋，我就會拿去賣錢。」妻子這麼說明。

四十年前

一對夫婦週末渡假時開車經過鄉間的一座農場，太太突然說：「親愛的，停車！我們再來做一次四十年前我們在這裡做的事！」丈夫把車停下來，兩人迫不及待地跳下車。太太背靠著路旁的圍欄，丈夫則開始努力和太太親熱起來。很快地，太太開始激動地喊叫，扭轉身體，還不由自主地顫抖，而且完事後，太太居然昏了過去。丈夫大感意外，連忙把太太抱上車休息，過了一會兒太太醒轉過來，丈夫鬆了一口氣，說道：「親愛的，妳四十年前可沒像剛才那麼放得開。事實上，在我的印象中，從來沒見過妳那麼放浪。」

「四十年前，」太太仍然在喘氣，「那個圍欄沒有通電。」

大尺寸的誘惑

有一對夫婦實在是走頭無路，丈夫只好讓妻子去當阻街女郎。

有一天，有位開著車的客人停在妻子的面前問：「上一次床要多少錢？」妻子就說：「請等一等。」於是就跑去問丈夫，丈夫說了：「三千。」妻子跑回去告訴了客人價錢。客人說：「我身上沒帶太多錢，那幫我打手槍要多少錢呢？」於是妻子又跑回問丈夫，丈夫說了：「一千。」妻子又跑回去告訴了客人價錢。客人答應了，就從褲襠裡掏出二十公分長的小弟弟來等候服務。妻子看了驚為天人，便跑去向丈夫請示：「老公，我們先借他兩千元好不好？」

貴婦與愛犬

有一位寂寞的寡婦養了一隻狼犬，這隻狼犬不但會幫女主人看家，還會幫她拿報紙、遞拖鞋。總之，她這隻狼狗非常討這個寡婦的歡心。

然而，這個寡婦有一個相當大的問題，那就是每當她彎下腰時，這隻狼犬就會往她背後撲上來，並做出狗狗交配時的動作，這實在太困擾她了。於是，她決定找個獸醫幫幫忙。

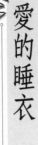

當獸醫問到這隻狼犬的問題，寡婦將情況一五一十地說明，獸醫聽完便說：「這隻狗這樣太過份了（其實心裡應該在想「不如我來吧！」）。這樣吧！乾脆把牠給『閹』掉算了，那就ＯＫ了！」寡婦聽了十分沮喪，獸醫見狀說道：「幹嘛這麼緊張？有什麼問題嗎？」

寡婦就說：「幹嘛把狗狗給閹了，我只是要你把牠的爪子剪一剪就好了，要不然每次都抓得人家好不舒服！」

愛的睡衣

一個媽媽毫無預警的跑去看她剛結婚不久的兒子和媳婦。她按了門鈴推開門後，赫然看見她的媳婦一絲不掛的站在門邊。

「媳婦啊！妳在做什麼？」

「我等我先生下班回家。」

「那妳怎麼光溜溜的沒穿衣服？」

「這是我的愛的睡衣呀！」媳婦嬌嗔地答道。

「愛的睡衣！妳根本沒穿嘛！」這位婆婆大叫。

「但這是你兒子，也就是我老公最愛的衣服，他高興我也高興。」媳婦繼續說：「麻煩妳現在離開，因為你兒子快回來了。」這位婆婆對媳婦這個舉動既忌妒又羨慕，回到家後也立即洗澡，噴上香水，然後一絲不掛的站在門邊等她先生回家。

終於她先生推開門進來，看見太太裸身站在那裡，他大叫：「妳在做什麼？」

「厚——這是我的愛的睡衣捏！」太太答道。

「我想，你該先把這件『睡衣』用熨斗燙一燙。」先生說。

天堂

三個男人，死後一同到了天堂門口。天使嘉百烈在這裡歡迎恭候：「歡迎各位有幸升入天堂。天堂太大，你們每位都需要有自己的交通工具，我這就發給你們。」嘉百烈對第一個男人說：「你一生荒淫無度，對你妻子不忠。好在晚年有所收斂，就只能給你一輛越野自行車了。」嘉百烈對第二個男人說：「你比上一位老實多了，也就只有為數不多的幾次沾花惹草的行為，但你這樣的也只配勉強發給你一輛低檔汽車。」

嘉百烈對第三個男人說：「你是位難得的好男人，你一生對妻子忠心至誠，恩愛有加，真不容易，堪為模範丈夫的典範。為此我將發給你一輛勞斯萊司超豪華轎車作為你一生忠貞不渝的嘉獎。」

三人剛要去，卻見獲得勞斯萊司的男人嚎淘大哭了起來。另兩個人大惑不解地問他：「你得了最好的車，難道還不滿意呀！你哭啥？」

這人答道：「我剛剛瞧見我太太了，她竟然在那邊溜滑板！」

律師與老處女

一位老處女找來一位年輕律師寫遺囑。她說：「我手上有一百萬元，我打算花八十萬元在我的葬禮上。生前，鎮上沒有人理我；死後，我要每個人都看到我輝煌的葬禮。」

律師說：「那還有二十萬元呢？」

老處女說：「你也知道，這輩子從來沒有人愛我，我打算死前用這二十萬元領略一次男女親熱的美妙滋味。」

律師回家後，便和太太談起此事，律師太太便鼓勵先生自告奮勇，畢竟，二十萬元不是小數目。

第二天，兩人便開車前往老處女家，律師下車後，告訴太太兩個小時以後來接他。

兩個小時過後，律師太太在老處女家外頭左等右等，始終不見先生現身，便猛按汽車喇叭。一會兒後，律師自窗口探出頭道：「四天後再來接我，她決定喪事從簡……」

ROOM

一對夫婦房事不甚得意，丈夫便請教他的朋友，他朋友說讓你老婆叫春試試看吧！丈夫回去後便要妻子依言試試。

晚上行房時妻子就叫：「春、春、春」雖然好了些，但是二人仍不滿意。於是丈夫再度請教他的朋友，他朋友說試著叫ROOM吧！於是，夫妻二人再度依言行事，妻子大聲的喊著「ROOM、ROOM、ROOM」但是這次情況反而更糟糕，丈夫便趕快詢問他的朋友。

他朋友問他：「你老婆怎麼叫？」

他說：「是ROOM、ROOM、ROOM……啊！」

他朋友說：「笨！要一個字母一個字母分開來叫，R……O……O……M！」

美麗的尼姑

明朝末年兵荒馬亂，蒙古騎兵在樹林邊逮到一個正要躲藏的美麗尼姑，女尼經過一番掙扎，還是難逃魔掌，被蒙古騎兵奪去了貞操。

後來，女尼跑回到原先的尼姑庵，顫抖地對住持說：「那可惡的蒙古人很快就逮到我，並剝光了我的衣服，然後在枯草堆中把我給……住持，你說我該怎麼辦？」

住持：「妳趕快吃檸檬，而且要大口吃。」

女尼：「吃檸檬？為什麼要吃檸檬？」

住持：「等一下不是有信徒要來探望妳嗎？如果大家看到妳那張爽歪歪的臉，那有多丟人啊！」

告訴爸爸

有個旅客因為下大雨，不得已只有借宿民宅，屋主臨時沒空房，只得讓女兒和他共宿。夜深人靜，旅客在睡不著下，瞧見屋主女兒曼妙的身材，不禁想入非非，開始上下其手。

女人在夢中驚醒，警告他說：「住手！不然我告訴我爸爸！」旅人自討沒趣，只有停止。但是實在太難熬了，旅客不久又發動攻勢，「住手！否則我要告訴爸爸！」接連失手，旅人只好認了。誰料過了一會兒，女人竟然自動投懷送抱，旅人也就順水推舟，完成好事。女人似乎還不滿足，接連要求了三次，旅客勉強的答應了，誰知道天快亮了她還要。至此，旅客終於忍不住了：「住手！不然我要告訴你爸爸！」

翻書

某日，有個老公回家後坐在沙發上看書。此時，老婆慢慢靠了過去，暗示她想要做那件事，不料，老公卻意興闌珊的繼續看書。老婆於是不甘示弱，將老公的手拿來放在胸部上磨呀磨的，極盡挑逗之能事。老公於是開始撫摸，且慢慢地往下，慢慢地往下，直到最下面的重要部位。

終於，老婆按捺不住地說：「老公！我快受不了！」

老公：「不要吵啦！我在看書」

老婆：「那你幹嘛一直撫摸人家那裡？害我……」

老公：「沒有啦手溼溼的比較好翻書嘛！」

老醫生的祕方

小鎮上最近來了一位年輕的婦產科醫生，服務態度熱誠，和藹親切，醫術也不錯，但無論如何都輸給當地一個老婦產科醫生，那老醫生生意就是比他好上幾倍。

後來，年輕醫生的老婆也懷孕，他便要求老婆給那老醫生做產檢，以便趁機瞭解一下。

第一次產檢，他老婆表示感覺起來並沒有比老公好。可是，後來卻越來越愛去老醫生那裡。

年輕醫生左想右想找不到答案，便決定親自陪老婆去產檢。最後才發現，原來，老醫生的手會發抖！

尋車記

有一位婦人獨自住在山上，有一天正好要到山下買東西，於是便騎著腳踏車經過兩座山一條河，來到山下的雜貨店買東西，於是停好腳踏車就進去裡面買東西。婦人買好東西一出來，就發現腳踏車不見了。她跑進店裡問那老闆怎麼辦，老闆想說她一時回不去山上，便指著不遠處的汽車旅館讓婦人前去。

於是，那一位婦人在汽車旅館外觀望，發現其中一個房間極為可疑，便設法偷溜進去，從房間裡的浴室找到床上，再從床上找到床下，婦人始終一無所獲。

正在納悶時，有一男一女的進到那房間，婦人趕快躲到床下。不一會兒，這對男女便開始準備要親熱，女人先脫下衣服，便問男人說：「親愛的，告訴我你看到什麼？」

那男人回答她說：「嘿！我看到兩座山跟一條河。」那婦人一聽到，立刻從床底下伸出頭來問說：「那你們有沒有看到我的腳踏車？」

姓名的由來

有個兒子突發奇想的問：「媽媽，我可以問妳一個問題嗎？」媽媽：「當然可以呀！」兒子：「嗯！爸爸不姓郭，妳也不姓郭，為何我叫郭春海？」媽媽：「咳咳！也該是讓你知道身世的時候了，當初媽媽跟爸爸在一起之前就有了你，那時候，媽媽同時跟三個男人交往，一個姓高，一個姓李，一個姓陳。

因為實在不知道是誰下的種，所以就從每個姓氏取一部份，因此，你就姓『郭』。因為，高先生喜歡在上面，李先生喜歡在下面，陳先生喜歡在旁邊。」兒子：「喔！我懂了！那『春海』是隨便取的吧？」媽媽：「也不是，因為那時三人輪流上陣，一人一日，所以你中間取名為『春』，『三』『人』底下再放個『日』。」

兒子：「喔！我懂了！那『海』是隨便取的吧？」媽媽：「也不是！因為事後和他們失去聯絡，也實在不知道是誰的種，我就想，大概每人一滴吧！所以最後取個『海』字，所以你叫『郭春海』。」

兒子：「……」

服藥過量

有一對夫婦結婚多年，因為先生的小弟弟老是站不起來，始終無法享受漁水之歡。後來，太太終於忍不住強拉著先生去找台北迪化街的知名老中醫。在徹底診斷之後，老中醫很有把握的說：「只要吃了我的獨門祕方，保證能享受魚水之歡。記住，呷飽五粒。」拿到祕方寶藥之後，太太二話不說拉著先生趕回家，立刻服下老中醫的壯陽藥。才一吃完，先生果然馬力十足，拉著老婆進房間大展雄風。

次日，太太怒氣沖沖的去找老中醫，醫生看到太太來了便笑著問道：「如何？我的藥很有效吧？」太太：「醫師，你為什麼要他一次吃一百五十粒？」醫生說：「沒有啊！我說『呷飽五粒』，妳們怎麼聽成『呷百五粒』？阿有沒有怎樣？效果好不好？」

太太：「效果也太好了！害我老公在床上力竭而亡……而且到現在棺材還蓋不上去！」

敲鐘

一對新婚夫妻到某個歐洲古堡度蜜月，老婆想到一個滿有趣的點子：只要是古堡每敲一次鐘，夫妻倆就親熱一次。第一天晚上，他們果真每敲一次鐘就親熱一次。

次日，那丈夫心想，這樣下去不是辦法，他遲早會累垮。

於是，他就去找古堡裡負責敲鐘的人：「呃……先生，想請你幫個忙。這裡是五千元你拿去，可不可以今天晚上改成每兩個小時敲一次鐘。因為我老婆說這個那個，你知道，累死我了……」

敲鐘的人說：「我真的很為難，我老婆都規定我只有在敲鐘的時候才可以休息……」

6 男人你到底行不行？

「你那三頭小牛的媽媽，究竟跑去哪裡了呀？牠們都餓昏了，你知不知道啊？竟然把我的那個當成了牛媽媽的奶頭……」

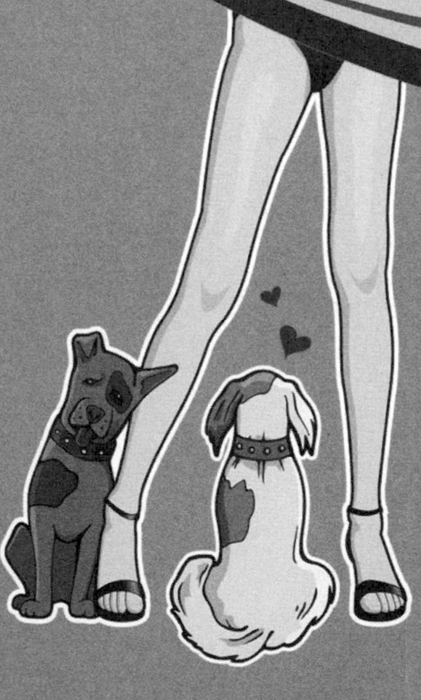

墓碑

某對時常吵架的夫妻，有一天又爭吵不休，於是，先生很生氣的對太太說：「以後妳死了我一定在妳墓碑上這麼寫著『這裡躺著一個冰冷的女人』。」

太太聽了不慌不忙的說：「是嗎？那麼你以後死了，我就在你墓碑上刻著『這個男人終於硬了』。」

比誰的老婆笨

三個男人在酒吧裡談論著誰的老婆最笨。男子甲說：「我老婆應該是全天下最笨的女人。上個星期超市的豬肉在大特賣，她覺得很便宜就給它買了三千元的豬肉回來，問題是我們家沒有電冰箱。」

男子乙說：「這算什麼。我老婆上個星期出門去逛街，竟然當場給它買了一部價值八十萬元的汽車，問題是她根本不會開車。」

男子丙說：「這樣你就覺得老婆笨，那我怎麼辦？上個星期我回到家裡，我老婆提著行李要出門，說她參加一個十五天的美國加拿大旅行團。我檢查她的行李箱，發現她準備了三打保險套。我沒陪她去玩，她一個人幹嘛準備保險套？真是笨到極點！」

報復

某男人出差回來，撞見老婆正與鄰居的老公在一起親熱。他怒氣沖沖去敲鄰居的門，向鄰居的太太說：「妳老公正與我老婆在偷情。」

「太不像話了，我們一定要報復。」鄰居太太把他拉進房內，脫下衣服，以牙還牙展開激烈的嘿咻行動。

不久，兩人躺在床上休息。數分鐘之後，鄰居太太又說：「怎麼樣？我們再來報復一次吧！」

就這樣，連續報復了四次，當鄰居太太要求第五次的報復時，男人搖搖晃晃的站起來說：「算了！我已經不恨他們了……」

三根手指頭

有一天，一對上了年紀的夫妻在聊天。妻：「老伴兒，雖然我們已經上了年紀，但是也應該有一點性生活吧？」丈夫聽了面有難色，後來他們開始討論該多久一次，經過一陣討價還價，妻子已經有點不耐煩了。這時老公突然舉起三根手指頭，妻臉色大悅，高興的說：「一天三次？」夫搖搖頭。妻：「一星期三次？」夫搖搖頭。

妻提高音量說：「難道是一個月三次？還是三個月一次？」

這時，老公才緩緩的說：「這三根手指頭，任妳選。」

縮頭烏龜

老趙隨著旅行團到菲律賓的蘇比克灣賭博，贏了六百美元，他高興的找一個應召女郎來快樂一下。當他們辦完事後，老趙慷慨爽快的付她一百美元。

應召女郎興奮地說：「哇！棒透了！你真會搞，再來一次好嗎？這次免費。」

「真的？太好了！」於是，老趙再次振作精神，彼此又享受美好的一次。

「你實在太能幹了，求求你再來一次吧！這次我付你一百美元。」女郎要求道。老趙一聽，想振作精神再來一次，奈何欲振乏力，看著自己那個不中用的東西，軟趴趴垂在那裡。他無奈地說：「沒用的東西，要付錢就兇猛無比，有錢賺時卻像縮頭烏龜。」

賠本生意

一對同居男女，在居住的地方談情說愛。女友用手輕摸男友的「東西」，問道：「這是什麼？」

「這是本錢嘛！」男友驕傲的回答後，也摸摸女友的「那裡」，反問道：「這是什麼呢？」

「這是店嘛！」女友回答。

「嗯！本錢和店……那麼，你把店鋪借給我，我們一起來做生意？」

兩人商量之後，終於開張，並且日以繼夜的「做生意」。

終於有一天，男友精疲力盡地說：「喂！這樣不行，我的本錢越來越小，但你的店卻越開越大。」

壯陽藥

一男人走進一家藥店，隔著櫃檯他問藥劑師是否有什麼壯陽藥可使他整個晚上都硬梆梆，因為當天晚上會有三個女孩來和他玩四P。

藥劑師給了這人一瓶藥丸，告訴他每隔三小時服兩粒，這樣就可以整晚堅挺了，於是這人就帶上藥回家了。

第二天，這人又來到藥店，給藥劑師看他青一塊、紫一塊的小弟弟，並向藥劑師提出要一些肌肉酸痛貼片。

藥劑師忙問：「你瘋了嗎？要在你那小弟弟上貼酸痛貼片？」這人說，酸痛貼片不是用在小弟弟上的，是用在肩膀上的，因為昨晚那三個女孩沒來。

一字訣

有位秀才小登科，洞房之夜翌晨，眾兄弟來拜訪，大家問他感覺如何？

他起身搖扇吟唱道：「春宵一刻值千金，弟昨夜以一技之長，一柱擎天，一馬當先，一拍即合，一炮而紅，一鼓作氣，一氣呵成，一鳴驚人，一瀉千里，真的是一夕纏綿，一夜風流是也！」

大家無限欽羨，轉問大嫂感覺又如何。只見她好生哀怨地唱道：「真是一言難盡，他本來是一籌莫展，好在我助他一臂之力，但也一波三折，非一蹴可及，只見一木難支，一觸即發，隨即一縱即逝，一落千丈，最後一敗塗地，奄奄一息，簡直一無是處，多此一舉，真想一刀兩斷，一了百了。唉……真是一場春夢，一事無成！」

小牛吃奶

俄羅斯有個推銷農藥的專員，某日他到鄉下找上了一位老農夫，然而無論他如何推銷產品，那老農夫均以手頭不方便為由，始終不肯買。

在幾乎無計可施的情況下，這推銷員只好使出最後的妙計。他說：「阿公仔，如果我現在脫光光全身噴灑農藥，讓你綁在稻草人的身上，直到明天中午仍沒有被蟲咬的話，你就買我的農藥，好不好？」

頓時，老農夫覺得這青年頗有志氣，就答應了他，還將他綁得十分牢靠。第二天中午，老農夫依照約定來到田裡，結果發現推銷員果然沒有被蟲咬，但是他顯得疲累不堪，下體更是一塌糊塗。

推銷員這才有氣無力地說：「阿公仔，你的錢有夠難賺哦！還有……你那三頭小牛的媽媽，究竟跑去哪裡了呀？牠們都餓昏了，你知不知道啊？竟然把我的那個當成了牛媽媽的奶頭……」

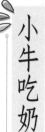

以長度計價

有一個美國人，一個義大利人和一個猶太人，三人一同登上南洋某個小島。在那座島上，召妓時有個奇特的計費方式。老鴇對他們說：「我們召妓的費用，是以英吋來計算的，也就是看你那東西的長度，一英吋十塊錢美金。」

三個人享受了快樂的夜晚之後，互相討論所支付的價錢。

美國人有點不好意思地說：「我被拿了五十塊錢美金。」義大利人很得意地說：「嘿！我被拿了七十塊美金。」猶太人高興地說：「真好，我才付了二十塊美金。」「什麼，你的只有兩吋長？」其他兩人有點鄙視地問著。

「不！」猶太人回答：「我是使用後才量的。」

自私的男友

有兩個女生住在同一棟宿舍的同一間房間中，某一天，其中一位女生告訴她的室友說：「我的男朋友好自私喔！每次保險套都戴有顆粒狀的！」

「這樣很爽啊，怎麼會自私呢？」

另外一位室友說道：「可是他都反戴了啊！」

看清楚一點

有個男人因為慾火焚身需要立刻得到渲洩，急急找了家賓館，然後打電話給應召站：「喂！我想找女人，不必和我聊天，只要直接嘿咻爽一下！」

「沒問題！先生，小姐五分鐘後馬上到！」應召站老闆答道。五分鐘後，男人的房間有人叩門，當他開門察看時，一名貌美女子站在眼前，開口說：「先生，你可不可以讓我先去洗個澡？」

「好吧！要快哦！我很急……」

時間一分一秒過去，那小姐進了浴室十分鐘始終沒有出來。二十分鐘過去，還沒出來。三十分鐘過去，她還是沒有出來。那男人等得火冒三丈，主動打開浴室的門，發現那妓女是個男人。他把那個假妓女趕走後，打電話到應召站開罵，抱怨說：「你有沒有搞錯，找了個男人給我！這次我要真正的女人，快！」

「好，好！五分鐘！馬上到！一定是女人！」應召站老闆斬釘截鐵地保證。

五分鐘後，男人的房間又有人來叩門，當他開門察看時，一位貌美女子站在眼前，她開口說道：「先生，你可不可以讓我先去洗個澡？」

「嗯！好吧！不過，可別給我耍花樣哦！」

時間十分鐘過去，那小姐還沒出來。二十分鐘過去，也還是沒出來。三十分鐘過去，她還在浴室裡。

「天哪！不會又是個男人吧？」那個男人生氣地打開門，看到那個小姐背對著他蹲在馬桶上，兩腿之間多了一根，他生氣地衝過去，抓住那根，叫道：「Shit！

又是個男人！」

只聽到那女人說：「先生，你抓我的大便幹嘛？」

功力

某日，一樵夫在深山中偶遇一苦行僧，便與其閒聊起來。

樵夫：「不知大師在此清修多少時日了？」

僧人：「約有三十個年頭了……」

樵夫：「大師清修如此，不知一個月仍會動情幾次？」

僧人：「貧僧功力尚淺，一個月仍會動情三次……」

樵夫：「大師果然已非凡人，在下佩服佩服！」

僧人：「哪裡哪裡！一次十天而已……」

男與女

年輕的時候，情侶一起「休息」，女的會對男的說：「別擔心，我有吃藥……」

年老的時候，夫妻一起「休息」，男的會對女的說：「別擔心，我有吃藥……」

二十歲的時候，男人最怕聽到女人說的話是：「我懷孕了。」

三十歲的時候，男人最怕聽到女人說的是：「你真沒出息。」

四十歲時，男人最怕聽到女人說的是：「還要再來嗎？」

保險套測量器

某男子走進一家西藥房，向店員表示要買保險套。店員問道：「你要買保險套？什麼尺寸的？」男子驚訝地回答：「尺寸？難道保險套還有分尺寸？」

「是的，」店員問道：「你大概想要買什麼尺寸的？」

男子回答：「我……我也不知道。」

顯然那店員很習慣顧客的這種反應，她告訴男子：「我這有個測量器，上面有分L、M、S三種尺寸的測量孔，麻煩你到後面的洗手間套套看，再回來告訴我好了！」

男子依店員的指示，拿著測量器到洗手間，掏出自己的性器官，一一套進那三個測量孔，而且是以「最佳狀態」的尺寸來測量。

幾分鐘之後，店員見到那男子走出來，便問：「如何?你是要L的、M的還是S的？」

男子露出詭異的表情，說：「我不想買保險套了，請告訴我，這個測量器一個多少錢？」

重振雄風

中年男子對醫師說：「我老婆一直抱怨我性能力大不如前。」

醫生說：「別擔心，這瓶藥可以重振你的雄風。」

數天後，這名男子回來複診，他對醫生說：「太棒了！吃了你的藥，現在我一天可以嘿咻三次。」

醫生說：「想來你老婆一定很滿意了。」

中年男子說：「不知道耶！從那時起我一直沒回家。」

7

用下半身思考的結果

「反正妳已經失聲了，插根粗的又何妨？」

女明星抗議說：「不行啦！太粗會造成『音道』發炎咧！」

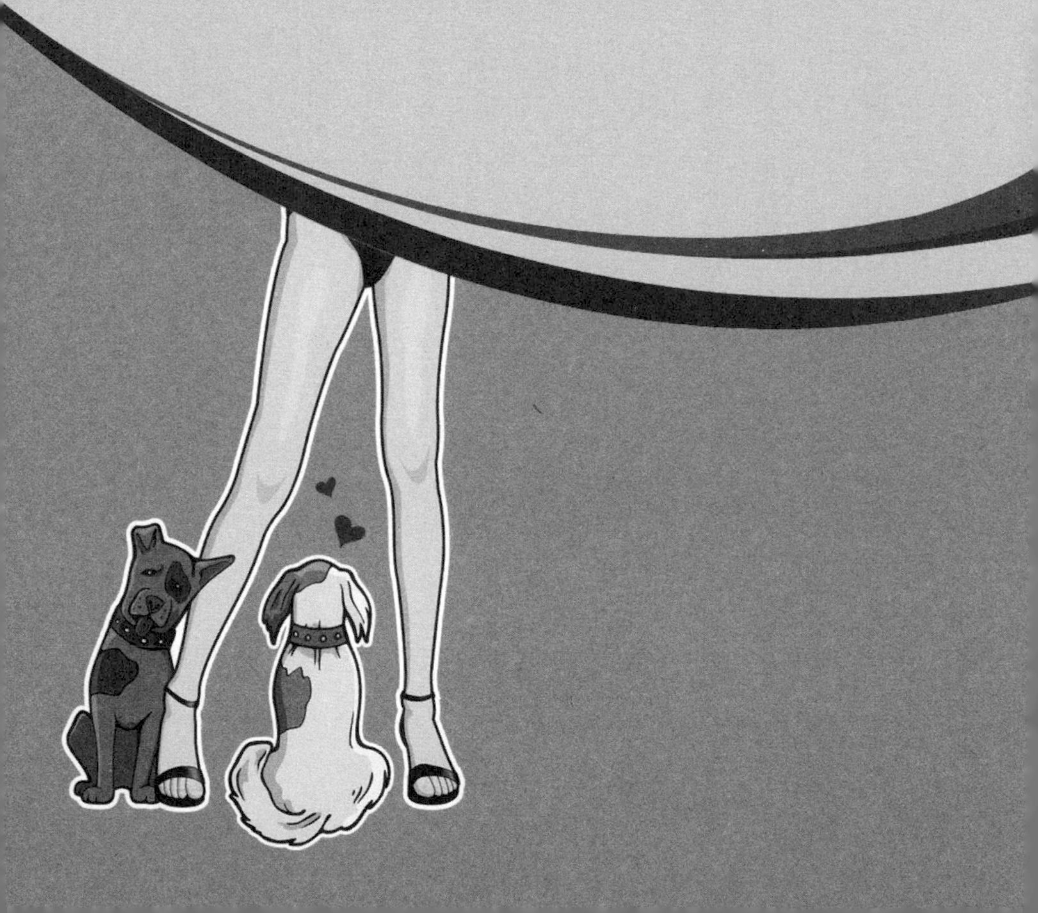

十八個女兒

老王：「我生了五個女兒，所以我們家可以組一個籃球隊。」
老李：「我生了九個女兒，所以我們家可以組一個棒球隊。」
老陳：「咳！我一共生了十八個女兒，那要組什麼球隊？」
老林：「你可以開一個高爾夫球場。」

提前畢業

上課時，女老師在講臺上面向黑板寫字，一個調皮的學生在她下面偷窺，女老師聽到竊笑聲，回轉身看看學生，心知不是好事，生氣的吼著問：「是誰？誰在亂笑？」

第二排的小陶菲舉手承認：「老師，我看到妳的三角褲了。」

「好，從今天起，罰你三天不准進教室上課。」小陶菲自動離開了教室後，女老師又開始轉過身去在黑板上寫字，她的手伸得更高，裙子都往上拉起了，這時又有一個學生在她身後偷窺，被她發現了，大為憤怒的問：「是誰？」

這次是湯姆，他坐在第二排，他承認說：「老師，我看到妳的三角褲了，而且兩邊的黑毛都看到了。」

老師怒不可遏的喝道：「你立刻給我離開教室，一個月內不准來上課。」

湯姆走後，老師又轉身面向黑板，她情緒波動如沸水，一不小心手中的粉筆掉落在地上，她彎下腰去撿粉筆時，比利立即收拾桌上的書、紙及筆。老師問：「你在幹什麼？比利。」

「老師的兩個大咪咪我都看到了，我想我必須提前畢業了。」

大小差別

王老五去年年底娶了老婆，大家都知道王太太手巧，尤其是女紅，更是遠近馳名。

有一天鄰居打從他家經過，聽見王老五夫妻倆在房間的對話。

王老五：「你這個太小了，塞不進去。」

王太太：「你再試試嘛！人家也是挺辛苦的。」

過了一會兒，王老五又說：「不行啊！會痛！」

王太太：「可以啦！我幫你抹點油！」

接著是王老五的喘息聲：「哦！哦……」

鄰居聽得心跳加速、額冒冷汗。他想這對新婚夫婦真是大膽，大白天也幹這種事，哪知頭才伸出來一點，就被王老五夫妻發現。兩夫妻看見賊頭賊腦的鄰居，異口同聲地說：「看什麼！沒看過人家在穿鞋啊？」

春光擋不住

一位迷人的女郎夏天開著車子到全國旅行，由於天氣實在太熱，她全身已經香汗淋漓，開到某個鄉下地方時，她看到一座水池，於是她決定停車泡個水，涼涼身。

她脫光跳進水中，享受幾分鐘的清涼後，突然發現兩位農夫躲在樹叢下偷看，由於她的衣服擺在水池的另一邊，不過靠近她身邊有個澡盆，於是她拿起澡盆遮住身子，往那兩位農夫走去。

「你們這兩個色鬼難道沒別事好做嗎？」她咆哮道：「你們知道我怎麼想嗎？」

「是的，女士，」個子較高的一位說：「你想問我們什麼地方可以補你那澡盆底部的大破洞。」

神女新稱呼

高雄愛河邊的特種營業女郎某日來到市議會，要求有關單位給他們一個正式的職業名稱。

議員：「妳們打算用什麼稱號呢？『神女』不好嗎？」

妓女代表：「『神女』也不是不好啦，但容易和宗教混淆……我們是要更正式的、更優雅的名稱……」

議員：「那你們要用啥啊？」

妓女：「我們要用新的名稱『妓者』。」

此時，原本在旁的記者們勃然大怒。記者：「怎麼可以呢……這樣不是混淆視聽？」妓女們大聲說道：「怎麼不可以呢？你們記者是『服務業』，我們也是。你們強調『歡迎來稿』，我們也是歡迎來『搞』呀！」

失望的神父

在教堂的告解室，神父正在傾聽少女的告解。

少女：「神父，我要向你坦白，昨天我允許我男朋友吻我。」

神父：「就只有這樣嗎？」

少女：「不只是這樣，他還將手放在我大腿上。」

神父：「嗯，接下來呢？」

少女：「接著，他扯下我的三角褲。」

神父吞了一下口水，說：「呃，那接下來呢？」

少女：「然後，我母親便走進房間來了。」

神父：「Shit！真是煞風景！」

跳蚤

有一隻年輕跳蚤把蚤手蚤腳擦滿了防曬油，正躺在邁阿密海灘上曬太陽。可是儘管如此，他還是鼻涕直流，紅著眼睛，牙齒冷得震顫作響。

他的朋友一隻老跳蚤從旁經過，看到這種情形，滿懷同情的問道：「小跳蚤，你怎麼了？」

「我來的時候，搭一位哈雷騎士的便車，我躲在他的鬍鬚中，一路吹到這邊，可把我凍壞了。」

「我來教你一招。」老跳蚤說：「下次你要來的時候，到機場的空姐休息室，趴在洗手間的馬桶上。等空姐坐上馬桶，趁機躲在她的毛裡，這樣子就可以搭個溫暖愉快的便車了，懂嗎？」

一個月後，老跳蚤到海灘享受日光浴，又遇到小跳蚤，可是他看起來比上次慘。

「我都照你所說的做了。」小跳蚤解釋道：「我到了空姐休息室，完美的登上一位空姐。果然非常溫暖舒服，所以我不知不覺的睡著了。」

「然後呢？」

「然後我一覺醒來，竟然發現自己又來到了那位哈雷騎士的鬍鬚上。」

給我十分鐘

阿民：「我們在一起那麼久了，相處在一起的感覺很好，可是這樣下去也不是辦法！」

小雅：「那……那你想怎麼樣呢？」

阿民：「我想……妳給我十分鐘，我給妳十個月，怎樣？」

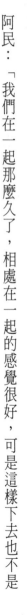

小雅：「哇哩咧……來這套！」

大象

有一個商人到非洲去探險，一天路過一條河旁，看見一個白鬍子的老人落水，商人奮不顧身地跳下水，將老人救起。

老人告訴商人其實他是神仙，為了感謝商人的救命之恩，仙人願意實現商人一個願望。

商人甚麼都好，就是嫌他的小弟弟太小，於是就指著不遠處的一頭大象，說道：「讓我的老二變成跟那頭象的一樣大！」

一陣煙之後，果然商人實現了他的願望。商人回國後，逕相走告，到處炫耀、比較，讓人羨慕不已。商人有一個好朋友，問他是怎麼辦到的，商人一五一十地告訴他。於是商人的朋友也到非洲去了，恰巧也遇到了落水的仙人，救了他之後，他也得到了仙人的一個願望。「讓我的器官跟那頭象的一樣大！」商人的朋友指著遠

方的一頭大象。

一陣煙之後，商人的朋友裂成了兩半。原來，他指到了一頭母象。

是誰先想歪

在美國淘金熱的年代，某個巡迴演出的高尚劇團，想將藝術與娛樂推廣到西部。在某鎮，他們在一群粗俗的觀眾面前演出例行劇碼。其中一幕，劇情是女主角死掉了。

男主角很傷心地說：「我該怎辦呢？我該怎辦呢？」

樓上包廂立刻有人大叫：「趁她的身體還沒有冰冷以前，趕快和她親熱！」這句粗俗話把整個氣氛都破壞了，所以第二天，劇團的經理人跑去找警長，告訴他這個劇團本來想帶給當地的人一些高尚的娛樂，可是觀眾們粗魯的表現破壞了一切氣氛。警長向經理保證，不會再有麻煩發生。而且第二天晚上，警長親自帶了兩把槍坐在第一排，一切都很順利。直到有一幕，男女主角表現得很熱情，男主角吻了女主角，然後對她說：「啊！這世上還有什東西，比你的紅唇更甜蜜呢？」就在這一剎那，警長一跳而起，揮舞著雙槍對觀眾說：「要是那一個混球敢說是女性胸部的話，我就一槍斃掉他！」

父子過招

有一對父子感嘆於現代社會以貌取人，對此，他們打算做個實驗。老爸穿上當年從鄉下到都市打拼時的舊衣服，兒子則西裝革履。兩人先後來一茶樓，老頭先進店，無人招呼，只好自己找個在角落的座位坐下。兒子接著走進店裡，剛到門口，服務生就上前招呼，引至一靠窗位置坐下，又是端茶，又是上點心，相當熱情。

兒子看了父親一眼，得意洋洋。但看到父親受冷落，心有不忍，於是招呼服務生說：給角落那位老人送上一壺好茶，點心隨他點，錢由我出。

服務生不解，問道：「你出錢做東啊！」

兒子說：「是。」

沒想到，那服務生偏偏要打破沙鍋問到底：「你為什麼要做東啊？你和他是什麼關係？」

兒子想了半天說：「我和他媳婦有一腿啦！」

於是，服務生給老頭上了茶，又端來點心，說：「您吃吧，那位先生請客做東。」老頭也沒說什麼，心安理得的品茶吃點心。服務生看到這樣，有點鄙夷的看著老頭，又有點心不甘，對老頭說：「那位帥哥說他和你媳婦有一腿哦！」

老頭對此不置可否。見那老頭反應平淡，服務生就納悶了，問老頭：「你怎麼不找他算帳啊！」

老頭不屑一顧的說：「他和我媳婦有一腿也才幾年，我和他媽有一腿都好幾十年咧！」服務生一聽，差點當場暈倒。

會錯意

我上成功嶺的時候，第一天頭一個動作是集合，然後就被班長帶隊去體檢了。

大家都知道，體檢時就只穿了那麼一條小內褲還有拿幾張表格走來走去。其中有一站叫「皮花科」，那一站就是檢查小弟弟的，是用一個屏風圍了起來，有一個班長和一個醫官會坐在屏風前，然後，每次檢查都是兩個同學一起進去。後來輪到我跟另外一位同學進去，進去之後我馬上把表格交給醫官，但是另外那位同學，則顯得很緊張，一直拿著表格不放。

醫官拿著筆指指桌面，帥氣地說道：「把它放在這裡！」於是，那同學便小心翼翼地脫掉內褲，扶著他的小弟弟，輕輕地放在桌面上。

只見醫官和班長兩人笑得滾在地上，好久都爬不起來。

比手畫腳

阿山終於入伍了，一下部隊便被安排到警衛連。這一天他站下午一點到三點的衛兵，遠處站正哨的老兵看見有新兵報到，便好奇的詢問他的職務，但相距太遠，只好比手畫腳兼用喊的問道：「你是空軍嗎？」（手擺海鷗飛行的動作）結果，阿山不予理會，因為他根本聽不清楚！

老兵看他沒回答便又問道：「你是海軍嗎？」（手擺自由式樣子）

阿山還是不予理會，老兵只好又問道：「你是砲兵嗎？」（手比打砲手勢）

依然是得不到回應，老兵想說：「好吧！再問一次，你是觀測兵嗎？」（雙手握成望遠鏡的樣子，靠在眼睛上。）

阿山仍是望著老兵不言不語，不過表情蠻生氣的。這時已經是下午兩點了，所以老兵下哨回去了。

隔天，阿山走在部隊前的馬路上，遇見了連長。連長問道，是否適應，阿山說：「還不錯啦！但有變態老兵對我性騷擾。」

連長連忙問道：「發生什麼事？」

阿山一邊回答一邊學著昨天下午那老兵所做的動作：「昨天下午我站衛兵時，有位老兵恐嚇我他說當太陽西下，倦鳥歸巢時（手擺海鷗飛行的動作），他要游過來（手擺自由式樣子），把我弄成熊貓眼（手比打砲手勢，接著又雙手握成望遠鏡狀，靠在眼睛上。）。太恐怖了！連長，我要調單位！」

不要甩他

考上大學那年的夏天，我到成功嶺的訓練中心接受軍事訓練。最先領教到的，就是班長對我們都超級兇的。

第一天晚上我們洗澡時，澡堂完全沒有隔間，中間有三個裝水的水池。因為是進去的第一天，所以班長格外的嚴格，想要給我們一個下馬威。他要求我們，洗澡時要一個口令一個動作。

記得他的第一個口令是「把衣服脫掉！」，第一次裸身面對他人的我們此時好不尷尬，所以有的用臉盆、有的用毛巾、有的用手、厲害的則用腿夾，想藉此遮掩住「重要部位」。接下來，班長下了聲立正的口令，於是霹靂叭啦一陣東西摔落的聲音。班長開始憤怒的訓話起來，大家也開始用餘光偷瞄別人，可能是因為有人的性器官長得比較奇怪，有個大專兵偷笑了起來，班長便罰那同學繞著水池跑二十圈。

班長繼續對我們訓話，跑步的依然在跑步。有人覺得班長太過份了，想開導被罰跑的同學不要太在意班長的態度，便在跑步的那個人跑到面前時，對他說：「不要甩他啦……」

跑步的那位大專兵聽到之後，勃然大怒，很不爽地叫著：「說的簡單，你來跑跑看，看你有沒有辦法叫『它』不要甩……」

失聲

有一位秀場上知名的「黃后」，因為話說得太多而失聲，去看醫生。

醫生準備使用硬式喉鏡觀察其聲帶有無長繭，該女星見狀雖然大驚失色，但仍不改本色，語帶雙關的說：「唉唷！醫生你好討厭喔！怎麼可以用這麼粗的東西把我插進去呢？」

醫生聽到此話語帶雙關，知道該女星故意吃他豆腐，亦不甘示弱的回說：「反正妳已經失聲了，插根粗的又何妨？」

女明星抗議說：「不行啦！太粗會造成『音道』發炎咧！」

新嫁娘

在結婚前夕對母親說：「媽！有件事我想問你……」

「啊！我知道你要問什麼。」母親說：「明天你就將面臨這個問題，首先你該知道男人的身體構造和女人是不同，所以……」

「媽，我早就知道性行為是怎樣了，」女兒打斷她的話說：「我只是想問『佛跳牆』怎麼做，志明他說想要我親手做給他吃。」

買奶嘴

一個喜獲麟兒的年輕爸爸要去便利商店買奶嘴，因為他記得奶嘴是和保險套放在一起的，所以一進門就大聲地問道：「請問保險套擺在哪裡？」

在眾人眼光注目下，店員有點詫異地指給他方向。他這時發現自己似乎說了奇怪的話，卻仍裝著若無其事的去拿。心想，反正待會兒就可澄清了。等他拿著奶嘴去櫃台結帳時，眾人見到他所謂的「保險套」是奶嘴時，笑得更誇張了！

8

性在中國，殺很大！

為什麼懶散的大牛會得到美女？原來媒婆在找對象時把老農所寫的字念成「懶較比牛大」！

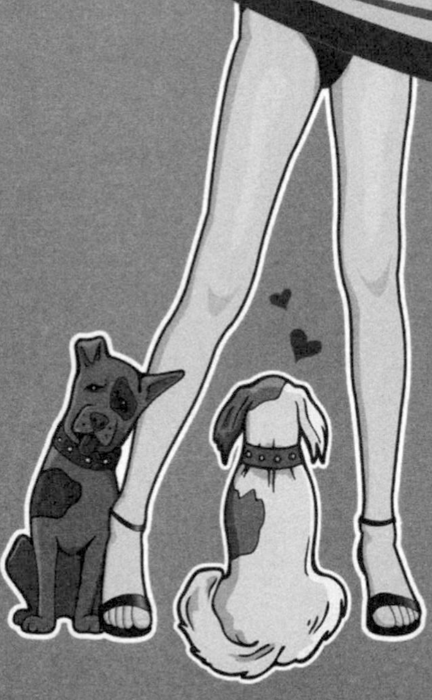

你家的狗

李明在上海人民公園裡散步蹓狗，發現他的母狗看上了一位女孩的公狗，兩隻狗當場在公園的草皮上辦起事來。

望著滿臉羞紅的女孩，李明便挑逗的說：「像這樣的事，我也會做哦！」

只見那女孩不好意思的說：「那你就試試看啊——反正那是你家的母狗。」

中國式調情

共產主義統治的中國，人們生活上的大小事均服從黨的領導，一板一眼井然有序。

這天，某地的政委書記與其愛人同志一起看夜景，在朦朧月光的催化作用下，兩人漸漸達到渾然忘我的境界。此時，書記夫人將她的手放在政委書記的胸口，問道：「書記同志，這是什麼啊？」

政委書記：「這是我健美的胸部。」

接著，書記夫人繼續將她的手往下移，又問：「書記同志，這又是什麼啊？」

政委書記：「這是我結實的腹部。」

書記夫人繼續將手往下移，再問：「書記同志，那這又是什麼啊？」

政委書記：「呃……這是我引以為傲的幹部。」

然後，政委書記不甘示弱，也將手放在其愛人同志的胸部，問道：「愛人同志，這是什麼啊？」

書記夫人：「這是我豐滿的胸部。」

接著，政委書記繼續將他的手往下移，又問：「愛人同志，這又是什麼啊？」

書記夫人：「這是我玲瓏有致的腰部。」

政委書記繼續將手往下移，再問：「愛人同志，那這又是什麼啊？」

書記夫人：「呃……這正是我引以為傲的幹部活動中心呀！」

母親節快樂

在一個偏遠的山上，住著一對母女，過著非常簡樸的生活，許多現代化的電器產品都從未見過。

某日，因為據說山上有反動份子出沒，母子遭牽連，被公安抓起來，且分別被關在不同的監獄中。時至五月，母親節快到了，女兒非常想念母親，便前去求典獄長能讓她見母親一面。

典獄長說：「見面是不可能的，但我可以拿麥克風讓你錄一段話給你媽媽聽。」

那女兒為此連聲道謝，然而典獄長又說了：「不過呢！你得先幫我做一件事……」

說罷便站起來，將褲子脫去，用手指了指自己的老二，並露出淫穢的奸笑。

女兒見狀，歡歡喜喜地用雙手握住那根棒狀物，對著它大聲地說：「媽媽！我要跟妳說，母親節快樂！」

特務行動

中國五〇年代的國共戰爭到最後階段，蔣介石感到大勢已去，於是破斧沈舟，派出國民黨首級殺手去行刺毛澤東。此人姓連名毛，也不知道和連戰有沒親戚關係。連毛帶領手下五員特務，深夜渡江，神不知鬼不覺地竟然潛入了毛澤東的居所！連毛等人在毛的居所外埋伏好，首先派出兩個手下進去偵察。那兩員手下悄悄進入房內，只聽到毛澤東的愛人江青在對毛說：「進來了沒有？進來了沒有？」

毛澤東道：「進來了，進來三分之一了！」兩個特務大吃一驚，心想毛澤東果然料事如神，連我們來了幾個進來幾個全一清二楚，嚇得趕緊出去報告。連毛一聽，不太相信，對另外兩名手下說：「你們一起進去看看！」

於是四名手下一起又潛進去，只聽到江青在床上說道：「進來了多少了呀？」

毛澤東說：「進來三分之二啦！」

四人嚇得趕快又跑出來對連毛說：「真的真的，隊長，他們真知道！」

連毛說：「好吧！我們就一起進去好好看個明白，到底是怎麼回事！」
於是六人一起進到房裡，又聽見江青說道：「到底進來多少了呀？」
毛澤東大吼道：「全進來了，全進來了！連毛也進來了！」連毛隊長一聽，心驚膽顫，想：毛澤東真是神了，居然知道我們全進來了，連我的名字都知道，看來我們已行跡敗露了。於是，六人一起屁滾尿流地逃走了。

大牛比較懶

在福建省，有位老農育有兩個兒子，大兒子叫大牛，好吃懶坐不顧正業。小兒子叫小牛，為人勤勞、可靠及老實。

某日老農要為二子找老婆，便叫村子裡一位有名的媒婆代勞，並交給媒婆二子近照各一張。

老農對小牛較疼愛，對大牛有偏見，便在大牛的近照後橫寫「大牛比較懶」字樣。幾十天後媒婆帶兩少女來到老農家，並對老農說分配之事：大牛分配到一位身材窈窕，樣貌絕美的少女，小牛卻分配到一位身材普通，樣貌平平的少女。

老農很不解，為什麼懶散的大牛會得到美女？原來媒婆在找對象時把老農所寫的字念成「懶較比牛大」！

苗族三大酷刑

某日，陳冠西到中國的苗族地區旅行，深夜裡來到一戶人家請求食宿，開門的老先生說：「可以，但是你不能對我女兒不軌，否則就以苗族三大酷刑伺候！」

陳冠西想想自己又餓又累，哪能亂來，所以就同意了。

進門後，吃晚餐時看到他女兒簡直驚為天人。飯後兩個人聊起天來，越聊越開心，到後來就趁她老爸不注意把那女兒誘拐上了床。

隔天早上，陳冠西一覺醒來，發現有塊巨大石頭壓在胸口上，上面還有一張紙條寫著：「第一大酷刑：巨石壓身」。

陳冠西不屑地把石頭扔出窗外，石頭破窗而出，他起身一看，窗邊又有張字條寫著：「第二大酷刑：右邊的蛋蛋綁在石頭上」。

陳冠西一想不對，趕緊跟著往窗外跳下去！在窗口正放開手之際，又從窗外的牆壁上看到字寫得大大的海報：「第三大酷刑：你左邊的蛋蛋跟床腳綁在一起！」

9

越大越有自信

「好大啊！你不是跟我說你的小弟弟和嬰兒一樣大嗎？」

賴瑞微笑的回答：「沒錯啊！是和『一個』嬰兒一樣大啊！」

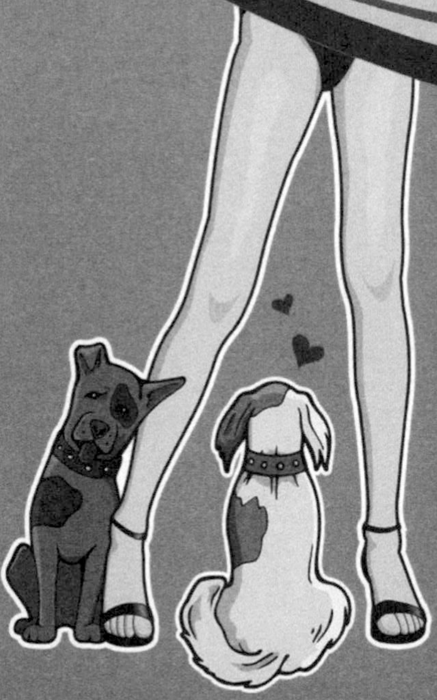

比比看

一群男人聚在一起比較誰的話兒長，有的十四公分，有的十一公分，最短的也有十公分，等大家都說過自己的長度之後，只剩小呆未作答，於是在大家一陣逼問之後，小呆小聲說：「四公分。」

大家哄堂大笑，小呆又說：「軟的時候，四公分。」有些人就不再笑了！這時小呆又說了：「軟的時候，站著離地四公分。」全場鴉雀無聲！

神牛

話說在一個古老的東方國度，國王幸運的蒙天神賞賜了一頭神牛，不管有任何國政上的問題，牠都能給予正確的解答。但是說也奇怪，神牛臉上的表情永遠都是木然而沒有笑容的。

國王覺得很奇怪，就問神牛：「為什麼你從來不肯笑一下？」神牛便回答說：「這個世界上並沒有什麼事情值得一笑。」於是國王貼出了告示：「凡能令神牛開懷大笑者，有重賞。」過了兩天，有個貌不驚人的男子前來應徵，他走進了神牛的房間才兩秒，就聽見房中傳出來不可抑制的狂笑，國王對他的成果非常滿意，又提出了一個要求：「那你能讓牠哭嗎？」

他說：「這容易！」走進房間兩秒後神牛的哭聲馬上又傳了出來。

國王很納悶，便問他：「你到底是用什麼方法讓牠又哭又笑？」

他說：「我走進房間後，就對牠說：『我的比你大！』，牛就開始大笑；後來當我走進去脫下褲子，牠就開始哭了。」

口吃

有一個人患有嚴重的口吃，每次跟人說話總是支支吾吾的。有一天，他老婆再也受不了他的口吃，便叫他去看醫生。到了醫院，掛完號，醫生叫他進去後，他便對醫生說：醫……生……，你……你可不可……以……治療……我……的……口吃……」

經過醫生對他仔細的檢查之後，說：「口吃的病因是因為你的老二太大了，足足有四十公分。如果你要治癒你的口吃的話，必須動手術切除十五公分。」

為了治療討厭的口吃，他便接受切除手術，切除掉十五公分。

手術結束，他口吃的問題果然立即消失，說起話來變得又順又溜。他便很高興地回家了。老婆看到他的口吃治好了也非常高興，可是當天晚上，當他們親熱之後，他老婆覺得非常不滿足，便對他說：「我覺得你還是以前那樣比較好。我願意忍受你的口吃問題，你明天再去拜託醫生幫你十五公分的老二接回來吧！」

第二天，他又去醫院，見到醫生時便對他說：「醫生，麻煩你再動一次手術，我想將我的老二接回原來的樣子。」

結果，只聽到醫生對他說：「呃……來來……不及……了。」

和嬰兒一樣大

結婚前，賴瑞和麥蒂決定將自己的祕密全部讓對方知道。

麥蒂：「其實，我的胸部和飛機場一樣，平時我都是用胸墊撐起來的。」

賴瑞笑著回答：「我不會在意這種小事，小Case啦！對了！我也告訴妳，其實我的那裡和嬰兒一樣大。」

麥蒂強顏歡笑著說：「我愛的是你，所以這種問題我也絕對不會在意的……」

新婚之夜，麥蒂一看到賴瑞的小弟弟，馬上喜極而泣，並驚訝得大喊：「好大啊！你不是跟我說你的小弟弟和嬰兒一樣大嗎？」

賴瑞微笑的回答：「沒錯啊！是和『一個』嬰兒一樣大啊！」

男孩的條件

男孩和女孩在舞會中相遇，雖然她讓他送回家，但不答應和他好。女孩說：「聽好，和我在一起的男孩需具備兩個條件——一輛至少十二尺長的賓士轎車，和一種至少十二寸長的工具。」

男孩說他會去設法辦到，然後再回來找她。三天後，男孩來了，驕傲地指著他停在一旁的新轎車。正當女孩幾乎不敢相信之際，他靠過去告訴她：「至於另外一件事，醫生說他可以縮小到你所需要的長度。」

引信太短

志明是個陸戰隊員，體格壯碩一直是他引以為傲的一件事。某夜，他在夜店裡與一辣妹邂逅，幾番挑逗之後，天雷勾動地火，便到附近的汽車旅館開房間。一進到旅館的房間後，志明迫不急待地要表現國軍戰力。他脫下上衣後，舉起肌肉結實的手臂，作出舉重選手的幾個姿勢，興奮地說道：「看到沒有，寶貝！我強壯的手臂裡有一千磅的火藥。」

辣妹見狀，嘆為觀止地說道：「嗯，夠酷！」

志明接著脫下長褲，再擺了幾個舉重選手的姿勢，依舊興奮地說道：「看到沒有，寶貝！我強壯的腿上也有一千磅的火藥。」

辣妹見狀，再度嘆為觀止地說道：「嗯，夠酷！」

終於，志明脫下了黃埔大內褲，露出他的重要部位。只見那辣妹抓起錢包，發出尖叫聲轉身向房間門口奔去，就在要跑出房間時被志明一把抱住，問她說：「妳為何突然急著要離開？我們還沒開戰呢？」

辣妹回答：「你雖然有兩千磅的火藥在身上，但是你的引信那麼短，我很擔心你沒兩三下就會爆炸！」

拍拍手

某男因為有感於自己「不夠持久，不夠大」，便去請求一位據說很靈驗的巫師幫忙。

那位巫師跟他說，你只要在辦那事的時候唸個咒語，然後再拍拍手，就會變長又持久。

那個人為了要讓老婆有個驚喜，便先去妓院找個妓女試試是否有效。

首先，他照著巫師說的話去做，唸咒語，再拍拍手，果然，馬上變得又長又持久。

那位妓女一看，沒見過這麼大的，便坐上去開始「工作」。她「工作」到一半，覺得這根實在太大，簡直可以列為金氏紀錄，便大聲地叫：「姐姐妹妹！來看世界奇觀哦！」

她的幾個姐妹紛紛跑進來看，大家都嘆為觀止，全體用力拍起手來：「哇！好棒哦！大家給這位猛男掌聲鼓勵鼓勵！」

結果，隔天報紙社會版頭版多了一則新聞：一名妓女死在天花板上。

1234

在幾年的婚姻生活以後，有個男人發現他再也不行了。他去看了醫生，可是，醫生用了許多方法都沒有用。

最後醫生告訴他：「這都是你的心理作祟……」然後指引了一位心理醫生為他診斷。

他去診療了幾次，那心理醫生向他坦白：「很遺憾，我幫不上你的忙。」繼而介紹了一位巫醫給他。

巫醫說：「我可以把你治好！」他丟了一把粉末到火裡，然後馬上從火裡昇起了一道藍色的輕煙。巫醫說：「這股神奇的力量可以讓你恢復往日雄風，但你一年只能使用一次！你要辦事的時候，只要唸著：『１２３』，然後你想要有多長就有多長！」

接著，男人問巫醫：「那完事之後怎麼做？」

巫醫說：「你只要唸：『１２３４』，它就會縮回來了。但是要注意的是，一年之內都不能再使用這個魔法了。」

男人回家的那一晚，他就想給老婆一個驚喜。所以，當他和老婆躺在床上時，他便說道：「１２３。」果然，他馬上就勃起了，而且達到了驚人的長度。就在此時，老婆轉過身來對他說：「老公——你睡覺前，數１２３『是』要做什麼？」

然後，就聽到男人哀嚎著：「完了，又要再等一年了」

原來，她老婆說的「１２３『是』」，聽來和「１２３４」太過接近，變成了魔咒取消的口令。真慘！

噓——

有一對夫婦，丈夫有點性無能，總是不能帶給他老婆幸福美滿的生活。

他太太因此跟他冷戰了好一段時間，這一位先生鬥不過老婆，遂決定離鄉背井到大都市裡好好奮鬥一番，讓他太太能過著衣食無虞的生活。

他在大都市辛勤工作了三年，果然賺了一筆錢。就在他決定回家鄉的前一天，他到大都市的夜市逛逛，在夜市裡，他看見了一個攤位，前面聚集了好多人，他很好奇的走了過去，發現原來那是一個在賣「如何讓男性重振雄風」祕方的攤位，他想了想，這，不就是我所需要的嗎？

他向老闆詢問此藥的藥效：「老闆，這個吃了會怎樣啊？」

老闆：「這個吃了能讓你老婆過著幸福美滿的生活哦！」

先生：「那這個要怎麼吃啊！」

老闆：「你一次服用一顆藥丸，吃下去之後……啊對了，你有沒有看過火車進站？」

先生：「有啊！有啊！」

老闆：「那個火車進站時，是不是都會有一種聲音？」

先生：「對啊！就是會有ㄅㄨㄅㄨ的聲音啊！」

老闆：「沒錯，藥吃下去之後，你只要喊ㄅㄨㄅㄨ，你的小弟弟就會站起來了哦——」

先生：「真的嗎？」

老闆：「當然是真的！不然你不妨試試看。」

先生：「哦！那這種藥怎麼賣？」

老闆：「這一個十萬塊錢！」

先生：「你說什麼！一個賣十萬，我可不可以只買一個啊？」

老闆：「那不行，我這裡沒有零售的，一定要一次買三顆，一共是三十萬。」

先生：「好吧！為了我老婆的幸福著想，就買三顆吧！」

老闆：「那你現在先吃一個，證明我的藥沒有騙你。」

先生：「ㄅㄨㄅㄨ……」

「天啊！它真的站起來了，那要怎麼讓它消腫呢？」

老闆：「你只要喊『噓——』它就會自然下垂了。」

先生：「噓——，哇！它下垂了，好有效哦！」

翌日，他愉快的搭了火車準備回家去看他老婆。火車就要啟動了，他想再試試那藥是否有效，便服下了第二顆藥丸。火車傳來了ㄅㄨㄅㄨ的聲音，小弟弟果然如那老闆所言，十分筆直的站了起來，他十分興奮，但又不能老是維持這種狀態，於是他趕緊小小聲的喊了「噓——」讓小弟弟消腫。

好不容易回到了家門口，他想：「老婆一定會很高興，我帶回來了這個稀世珍寶回來。」為了馬上能披掛上陣，他還沒進家門就把第三顆藥丸吞了，接著，樂不可支地發出：「ㄅㄨㄅㄨ」的音效。果然，小弟弟馬上進入蓄勢待發的狀態。

這先生一進到臥室，便興奮地說：「老婆，我……」

老婆：「噓——小孩在睡覺，不要吵」

結果，藥效馬上被解除掉了。

10

性哎！沒人教不會懂

傻瓜初次嘗到甜頭，他好興奮，驚奇地說：「真奇妙，我的小鳥居然可以鑽進你的肚子裡。」

趕快舔

某日，小明號啕大哭，祖母看了很心疼地問：「小明，你在哭什麼呢？」
小明：「爸爸有霜淇淋只給媽媽吃，都不給我吃。」
祖母半信半疑：「真的嗎？不會吧！」
小明：「是真的。因為我從他們房間的門外聽到爸爸說要趕快舔，免得它軟掉了。」

叫春

新婚之夜，小偉好不容易送走鬧洞房的一堆朋友，帶著幾分醉意，望向他夢寐以求的佳人小玲。
想到今晚終於可以享受古人所謂「春宵一刻值千金」的美妙，不禁要感激小玲在婚前絕不許他越雷池一步的堅持。於是，小偉興致勃勃跳上床去，開始盡他做丈夫的義務。一陣摩擦生熱之後，對於小玲的生澀，小偉帶著一絲得意，但覺得美中不足的就是小玲太「安靜」了點。

最後，小偉忍不住教她：「小玲，可不可以開開口，叫一下春。」

「當然可以，那還不簡單」然後，小玲像小學生般叫著：「春、春、春……」

米老鼠

有一個人想嘗試新奇的事，便跑到情趣商品店選購特別一點的保險套。他看到兩個有趣的保險套，一個是整個全黑，另一個則是外型像米老鼠。

他決定買那個全黑的，主要原因是它便宜。買回去之後，馬上跟太太大戰了幾回合。

事後證明便宜沒好貨，保險套沒有發揮應有的功能，太太還是懷孕了。九個月之後，生下小寶寶。

再經過六年之後，孩子長大了。這個小孩有一天問他老爸：「為什麼哥哥姊姊的膚色都是白的，而我卻是黑的？」

爸爸回答道：「孩子，你沒長得像米老鼠就該謝天謝地了。」

傻瓜

從前，有個傻瓜成親很久了，仍不懂得夫妻之道，他的妻子十分懊惱，只好主動的來教他進行周公之禮。

傻瓜初次嘗到甜頭，他好興奮，驚奇地說：「真奇妙，我的小鳥居然可以鑽進你的肚子裡。」

妻子再教他如何抽送，一陣運動之後，正當高潮來臨時，傻瓜大叫起來：「糟糕！小鳥想要尿尿了，我絕不能尿尿在你身上。」他連忙跳起來，看看妻子的下面，但他更是驚訝地喊道：「什麼，她下面居然被我戳破了一個洞，還流血呢！」

傻瓜穿上衣服，趕緊出門，他跑到隔壁裁縫師家，請裁縫師到家裡將妻子的下面縫好，不然流血不止麻煩就大了。裁縫師暗笑傻瓜笨的可以，趁機要姦淫他的妻子，此時妻子高潮尚未退去，正好與他成了好事。

裁縫師辦完事，出來對傻瓜說：「我已經縫好了，你快去瞧瞧吧！」

傻瓜進去看了之後，破口大罵：「可惡，我叫他拿針線縫合，他居然只用漿糊糊上就了事。」

蜂蜜

小明從小有個壞習慣，撒尿的時候要對著一個洞才能撒出來。某天，小明對著一個洞樹撒尿，誰知道洞裡飛出一群蜜蜂，把他的小弟弟叮得紅腫，痛到不行，以後他再也不敢對著洞撒尿了。

二十年後，小明娶到了美嬌娘。在他洞房花燭夜的時候，嬌妻把衣服都脫了，但他卻動也不動。

「老公，來嘛！春宵一刻值千金呀！」

「不，我怕」

「怕？怕什麼？」

「怕……怕你那裡有蜜蜂。」

「傻瓜，我這裡沒有蜜蜂，不信你用手來摸摸看。」

小明小心摸了幾下之後，猛然往後彈跳了起來，指著他老婆大聲罵道：「你騙我，還說沒有蜜蜂，你看，我摸到一手的蜂蜜！」

兩隻螞蟻

兩隻螞蟻連袂出遊，來到某個人體森林邊。甲螞蟻眼尖，發現雜草叢後有一山洞，於是提議入內探險。

乙螞蟻生性膽小，說：「你自己進去就好，我在外面幫你把風。」

甲螞蟻只得獨自深入洞穴一探究竟，沒想到才進入洞中沒一會兒，便天搖地動起來。甲螞蟻在那洞裡東跌西撞，只差沒要掉他的小命，最後昏過去了。

甲螞蟻甦醒之後，趕忙爬出洞外，尋找乙螞蟻，卻見乙螞蟻斷手瘸腿的昏死在一旁，趕緊施以急救，才見乙螞蟻悠悠轉醒。

乙螞蟻問甲螞蟻：「發生了什麼事，你怎麼全身淤青還沾了一身的洗髮精？」

甲螞蟻說：「超倒楣的，我才剛進去，就發生大地震，撞得我七葷八素的昏了過去，後來的事我就不知道了！」

甲螞蟻反問乙螞蟻說：「你在外頭，怎麼傷得比我還重？」

乙螞蟻虛弱的說：「你才一進去，外頭就來了一部越野車，我一時閃避不及，被它的兩個大大輪胎壓住了，才落個如此下場。氣人的是，那部車撞了我之後，居然沒有停下來查看，反而用輪胎反覆的在我身上輾壓，存心致我於死地！那部車的駕駛，真該死！」

示範

阿呆和阿傻是兩兄弟，正值凡事似懂非懂的青春期。某天，阿呆心血來潮，問老爸：「老爸，什麼是嘿咻啊？」

爸：「這個來！我示範給你看。」

老爸就帶阿呆進到臥室，指著躺在床上已輕解羅衫的老媽說：「看到妳媽的那個地方沒有？看好喔！」說著，爸就跳上床開始和媽嘿咻起來。

這時弟弟阿傻也跑進臥室來，問道：「哥，老爸在做什麼？」

阿呆說：「在和老媽嘿咻。」

阿傻不解：「什麼是嘿咻啊？」

阿呆滿臉正經地說：「看到老爸的那個洞沒有？看好哦！」

婚前指導

兒子快要結婚，卻不知如何行周公之禮，便問父親該怎麼辦？父親含糊地說：

「到時候你在上面，她在下面就可以了。」

神經超大條的兒子會錯了意，竟把洞房的新人床改為上下鋪。新婚之夜，新娘看見新人床被改成上下鋪，生氣地將門反鎖，不讓新郎進去。

不得其門而入的新郎在門口大叫：「老爸，怎麼辦？我進不去！」

父親回答：「用力頂呀！」兒子於是用力一頂，膝蓋破皮流血了，不禁喊道：「啊！流血了！」

只聽父親在房間裡安心地說：「這就對了！」

人工受精

一農夫買了幾頭豬，希望養大後，可以做火腿和醃肉，數周後，他發現沒有一頭豬懷孕，於是就打電話請獸醫幫忙，獸醫告訴他要採用人工受精。

農夫根本就不知道那是什麼意思，但又不想讓別人看出自己無知，所以他只問了獸醫如何才能看出豬懷孕了。

獸醫說，只要看到豬在泥漿裡躺下來並不停打滾，就表示牠們懷孕了。

農夫掛了電話，思索了一下，得出的結論是：人工受精就是要他給這些豬受精。

於是他將這些豬悉數裝上卡車，載到小樹林裡，並一個個和牠們嘿咻了一遍，完事後，又把牠們全部拉回來。

第二天醒來後，農夫走到豬圈，看到豬都仍一個個站在那裡，他想，肯定是第一次沒有成功，於是他又用卡車把豬載到小樹林裡，這次，為了保險起見，他很賣力地將牠們各嘿咻了兩次。第二天一早，他起身到豬圈，發現豬還是站在那裡，沒動靜，他心想，在試一次吧，於是又把豬裝到卡車上拉到小樹林裡，用了整整一天的時間，一遍又一遍地挨個和這些母豬嘿咻，回到家裡，累得一頭倒在床上，昏睡過去。

第二天，他幾乎起不了床了，於是讓他老婆去看看豬是否都已經躺在泥漿裡了。

他老婆回來告訴他：「不，豬全都跑到了卡車上了，其中一頭還在不耐煩地按著喇叭呢！」

醫生指示

在歐洲某鄉間有座教堂，住著許多修女，她們養了一群狗。當春天來的時候，狗狗們因為生理需求，就會公狗母狗自動黏在一起，製造下一代。狗狗們好像體力十分充沛，白天黏晚上也黏，一直到深夜還吵得修女們不得安寧。

修女們受不了啦，打電話給鎮上的獸醫：「醫生，不好意思，這麼晚還麻煩你。我們教堂這裡的狗狗老是黏在一起，怎麼辨？」

獸醫：「拿棍子把牠們趕開就好了。」

修女依醫生指示，拿用棍子去驅趕，沒想到並不管用，只好再打給獸醫求助。

獸醫：「用冷水潑好了，這招也蠻有效的。」

修女依指示行動，但仍然沒用，只好再打電話給獸醫。

獸醫很煩的說：「那叫牠來聽電話好了！」

修女很納悶的問：「聽電話有用嗎？」

獸醫：「有用呀，我就是這樣被分開的……」

性治療

林太太帶著她先生到了一家心理診所。林太太：「醫生啊！我當初是為了他的財產才嫁給他的，沒想到他卻連跟我上床都不會，醫生啊，你說該怎麼辦啊？」

醫生：「這樣啊……真的是很糟糕哦！妳帶他來，我親自跟他談談看吧！這樣或許會比較好一點。」

林太太：「好！好！他現在正在停車，待會就進來了！你等他一下哦！」

醫生：「OK。」一會兒，林先生進來了。

醫生：「林先生啊！我說，你應該多在床上陪陪妳太太呀！」

林先生：「啊？要怎麼陪啊？」

醫生：「你不知道嗎？來！我做一次給你看！要看好哦！」

當下，醫生便與林太太演了一齣活春宮給林先生看，林太太：「哦！好滿足哦！我就是要這個！」

醫生：「呼——呼呼——林先生，這樣你懂了嗎？你太太一個星期要兩次哦！記得了嗎？呼——呼……」

林先生：「哦！那這星期已經一次了，下次要什麼時候帶她來啊？」

精子捐贈

一女子走進電梯，忽見一男子招手跑來，於是按住電梯。等到男子站定，此女問：「先生，你要上幾樓？」

男子回答道：「五樓，謝謝！」說完，女子便為男子按了五樓的鈕。五樓到了後，門一打開，是間精子銀行。男子不慌不忙地說：「我是要去捐贈。」然後就走了。三天後，此男子走進電梯，在關門時似乎見到上次的女子。為了報答，他就伸手按了「開」，讓女子順利進來。門打開之後，還未等男子開口問她要到幾樓，只見這位女子右手摀著嘴巴，左手比了個「五」。

鼻孔理論

有一天，兒子問爸爸：「為什麼男女親熱時會有快感呢？」

爸爸說：「就像你挖鼻孔一樣，當然舒服啊！」

兒子又問：「那為什麼男生沒女生舒服呢？」

爸爸說：「因為你挖鼻孔時，舒服的是鼻孔不是手指啊！」

他又問：「那為什麼，女生被強暴時很難過呢？」爸爸說：「如果有一天你走在路上，有人過來挖你的鼻孔，你會舒服嗎？」

他再問：「那為什麼月經來時，就不會……」

爸爸說：「如果你流鼻血了，你還會挖鼻孔嗎？」

最後問：「那為什麼男生不喜歡戴保險套呢？」

爸爸說：「你會戴手套挖鼻孔嗎？」

宅男有偶

某天，有個媽媽回到家，覺得自家的宅男兒子房間好像有異樣，就悄悄走過去看，結果竟發現兒子在跟一個充氣娃娃嘿咻嘿咻。

媽媽就很生氣衝過去說：「兒子，你在幹嘛？」

兒子說：「媽，我已經四十歲了，妳看看我，長得這麼醜，已經不可能結婚了，所以它就是我的老婆。」

媽媽聽到兒子這麼說，也只能搖頭嘆息走出兒子的房間。

隔天，爸爸回到家，也聽到兒子房間傳出奇怪的聲音。爸爸覺得很奇怪，就悄悄的走過去看，也發現兒子在跟那個充氣娃娃嘿咻嘿咻。爸爸就很生氣衝過去說：「兒子！你在幹嘛？」

兒子說：「爸，我已經四十歲了，你看看我，長得這麼醜，已經不可能結婚了，所以它就是我的老婆。」

爸爸聽到兒子這麼說，也和老媽一樣，只能搖頭嘆息走出兒子的房間。
第三天，爸爸回家時發現媽媽坐在客廳的沙發上，右手摟著兒子的充氣娃娃。
爸爸很生氣的說：「死老太婆，妳有沒有神經錯亂？」
媽媽回答說：「你嘛幫幫忙，我只是跟我的媳婦兒一起聊聊天、看看電視而已啊！」

老年人的性生活

一個年輕的新郎在新婚之夜問他的爺爺：「我應該怎樣去規劃我性行為的頻率呢？」
爺爺說：「當你還在新婚時期，你總是隨時想要嘿咻，也許一天好幾回。而後呢，嘿咻次數逐漸減少，或許禮拜做一次。再然後呢，你已經逐漸變老，可能一個月嘿咻一次。當你真的變老時，你一年可能有幸運的一次嘿咻成功，也許就在你們的結婚紀念日。」

「哦！這樣啊，那你現在跟奶奶性生活的情形呢？」好奇的新郎如此問爺爺。

「喔！我跟你奶奶啊，我們現在的性生活都靠嘴巴。」爺爺回答道。

「靠嘴巴的性生活啊？聽起來還是讓人充滿遐想唷……」

「喔！所謂『靠嘴巴的性生活』就是她進她的臥房，我進我的臥房，然後她大叫『我X你的！』，而我也大吼『我……你的！』來回應她。」

騙小孩

一個男子獨自躺在海灘上作日光浴，全身上下只有在重要部位蓋了一片樹葉。二十分鐘後，警察接到報案，這名男子已經死亡。

經過證人指認，最後見到這名男子的人，是一個五歲小妹妹。警方於是找來小妹妹盤問當時情形，小妹妹說：「剛才那個叔叔說，樹葉底下有一隻美麗的小鳥，如果見到陽光就會飛走，不肯讓我看。」

「後來，我趁他睡著的時後，偷偷把樹葉打開一看，哪有什麼美麗的小鳥？只有一隻醜醜的小雞，還在孵蛋呢！我一氣之下，就把兩顆雞蛋敲破，再把小鳥掐死。就是這樣啦！」小妹妹說完，還一副得意洋洋的表情呢！

駱駝的用途

有一個軍官被派到一個沙漠去服役，當他到了那個沙漠時，發現營帳是圍成一圈的，而中間有個空地，空地上有隻駱駝坐在那裡。那個軍官見狀覺得很奇怪，於是找來了一個老士官長詢問他說這隻駱駝是要做啥用途。老士官長回答他說：「如果你有生理需求，想要去發洩時，就來找牠啊！」

這名軍官覺得很不可思議，但還是接受他的解說。經過一個月後，這名軍官覺得他很需要，已經忍受不住了，於是就叫來老士官長，請他把風，他有需求要找那頭駱駝解決。

就在一陣翻雲覆雨之後，這名軍官很滿足的出來了。他說：「嗯……感覺還可以，難怪大家都要靠牠。」

老士官長忍不住笑了出來，他說：「報告長官，每當我們有需求的時候，都是騎著這頭駱駝到隔壁村莊去找女人，而不是……」

錯用保險套

一位農村的年輕人到大城市謀生，一個妓女將他帶到一家便宜的旅館過夜。上床的時候，她遞給他一只保險套讓他戴上，他有些迷惑不解，於是妓女把保險套套在手指上給他示範。不久他們就開始親熱，突然間妓女發現年輕人沒有戴保險套，於是她打開燈，問道：「你為什麼沒有按照我剛才給你示範的那樣戴保險套？」

年輕人答道：「我有戴啊！」他一邊說著，一邊給她看套在手指上的保險套。

性感睡衣秀

有一位老太太買了兩件性感睡衣，一件紅色一件黑色，希望能給她的老公一個驚喜。

到了晚上，她就試穿給他老公看，想看看他反應如何。第一次，她先穿紅色的，在老公面前晃呀晃的，結果她老公躺在床上看報紙，根本視若無睹。第二次她換穿上黑色的，但老公依舊看他的報紙，無動於衷。最後她生氣了，乾脆全身脫光在她老公面前晃來晃去，她老公還是沒反應。於是她只好穿回普通睡衣，不過還是很不甘心，就問他老公：「老公，我穿了幾件睡衣給你看，你怎麼都不理我？」

老公回答：「不是我愛說啦……那件紅色的，適合年輕女孩穿，妳穿真的不好看。」

老太婆又問：「那……那件黑色的呢？」

她老公回答：「那是要性感，身材又好的人穿才好看。」接著，老太婆專注地看著她老公，問道：「那第三件呢？」沒想到她老公竟然回答：「最後一件我更不想提，皺巴巴的，前面還有兩顆鈕釦在那裡晃來晃去，縫都沒縫好，看就知道是夜市買的便宜貨！」

職業感染

小英是個十三歲的鄉下女孩，為了貼補家用來到一家作鬃刷的工廠。

由於正值發育期，她發現陰部長了許多黑毛，以為是被那些鬃刷傳染，於是跑去問老闆娘：「老闆娘，我被鬃刷傳染了，下面長了好多毛！」

老闆娘：「傻孩子，這是正常的。」小英還是不相信，於是老闆娘就把褲子脫下來給她看，她才半信半疑的相信。又過幾個月，小英了陰毛越長越多，她又開始擔心，於是再跑去找老闆娘。剛好老闆娘不在，她就把這件事告訴老闆，老闆笑著說：「不用擔心。」

小英還是不相信，所以老闆也將褲子脫下來給她看。這時小英嚇得眼淚都要飆出來說：「連柄都長出來了，還說不會被傳染！」

老闆：「？＃＠！」

長大後

在夏日的海灘，許多小孩光著身子玩樂嬉戲。三歲的小美美指著一旁堆沙的小男生的兩腿之間，問他：「你這一根是什麼？為什麼我沒有？」

小男生驕傲地說：「我媽媽說，這一根只有男生才有。哼！你沒有吧！」

小美美哭著跑去向媽媽抱怨：「為什麼我沒有那一根？」

媽媽很鎮定地安慰著小美美，告訴她說：「放心，等妳長大以後，那玩意兒要有幾根就有幾根……」

螢光之害

某日，上化學課時，老師談到螢光，說著說著，突然聽到台下傳來一聲「螢光保險套！」

老師語重心長的說：「你們以後千萬不要使用螢光保險套，會得『皮膚癌』。」

這時台下突然有人高喊：「完了、完了，我會得口腔癌。」

本日無牛鞭

一位貴婦人去西班牙巴塞隆納旅遊，中午來到當地最負盛名的飯店用餐。她看到旁邊桌子有一位女士正在吃一種很長的棍狀物，一種她從來沒見過的食材。

這位貴婦人想，那一定是西班牙的特產，一定要品嘗品嘗。她叫過來服務生，問那是什麼食材做的。

服務生很有禮貌的說：「夫人，那是牛鞭。」一聽是牛鞭，這位貴婦人連忙也要點一客，但服務生卻說：「對不起，夫人，我們這裡的牛鞭都是取自鬥牛場裡被殺死的牛，而我們城市一星期只舉行一場鬥牛。所以現在沒有新鮮的存貨，不過，您可以預訂下星期的。」無計可施，這位夫人就先把下周的牛鞭先預訂下來。

一星期以後，貴婦人準時來到飯店，這回沒多久，她點的菜就被端了上來。沒想到蓋子一掀開，這位貴婦人勃然大怒，叫來上回的那個服務生，問道：「上星期我看到的那個鞭有三呎長，但今天我這個怎麼還不到七吋？」

對此，服務生還是很有禮貌的回答道：「對不起，夫人，這星期，牛贏了。」

小手

在醫學院裡，教授正在教授生育過程。

學生：「為什麼懷孕到八九個月時，最好不要有性行為呢？」

教授：「其實也可以啦！不過……」

學生：「不過什麼？」

教授：「如果你們不怕突然有隻小手抓住你們的那玩意兒的話……」

進錯洞

一位德高望重的美國參議員訪問日本，並在訪問地認識了一位漂亮的日本女孩，這女孩幾乎不懂英語，而參議員也不懂日語，但這似乎並沒有影響他們的交流，兩人你情我願，於是就親熱起來。

美國人發現日本女孩嘿咻時和其他女人真是不同，只見她不斷地用日語尖叫並做出各種鬼臉。

雖然他聽不懂日語，但他感到那女孩高潮時的叫聲好刺激。第二天，他和當地的日本官員打高爾夫球，最後他以比規定擊球次數少一擊的成績將球擊入洞中，這時，他忽然想起那個日本女孩的叫聲，於是也學著她那樣大叫了一聲，日本官員迷惑不解地看了看他，又看了看球洞，說：「不，你沒進錯洞啊……」

偽裝術

一天，班長收到一個通知，說下午有長官要來測驗新兵的偽裝術。

班長知道了很緊張，趕緊囑咐部下：「下午有長官要來檢驗各位的偽裝術，聽好了，到時能藏就藏。要是到時哪個格老子王八害蟲被長官發現，你們就見不到明天的太陽啦！」到了下午，長官果然如期到達。班長吩咐部隊立即前往各地躲去。

約過了半小時，長官出來巡視，找了很久果然都沒有發現半個人影。

長官很佩服班長的領導正要回身表揚時，好死不死正好一位新兵從長官頭頂的樹上掉下來。

長官嘆了氣對班長說：「真可惜……」接著，就慢慢離開了。

等到長官走遠後，班長把大家叫出來，可想而知班長非常生氣，當著大家的面指責剛才那位新兵：「你、你……你是怎麼搞的？怎麼好死不死剛好掉了下來，把我的話當耳邊風呀！你這害群之馬，倒是給我說個理由不然你這死老百姓就死定啦！」

「報告長官，我……我也是不得已的呀！你不知道，剛才有一隻好大的蛇從我身上爬過去，我都不敢出聲說。我忍到了最後，有一對松鼠夫婦爬進我的褲管裡，我還是都不敢出聲。牠們在我褲襠內竄來竄去，最後我竟聽到那隻母的松鼠對公松鼠說：『你要吃左邊那顆還是右邊那顆呀？』」

義肢

有位仁兄，因車禍而遭截肢，醫生建議他裝義肢。醫生說：「我們有三種義肢，一種是手動的，一種是電動的，另一種是聲控的，你要那一種？」那位仁兄說：「嘿！聲控的聽起來不錯，那裝聲控的好了。」

後來，他回家了以後，晚上在房間裡打手槍，他心想：聲控的義肢手不知道好不好用，就想試試它的性能，於是對著擺好姿勢的義肢手說：「動吧！快一點！」

義肢手蠻聽話的，開始動了起來。他覺得快感開始來了，就對著義肢手說：

「再快一點！」義肢手按照指示加快了速度。他感到漸入佳境，繼續對義肢手下指令：「再快一點！」

不料，因為速度太快，小弟弟竟被連根拔起，他嚇到了就怒罵一聲：「幹！」結果，義肢手就把那小弟弟往他的屁眼插下去……

猴子與衛兵

某對畫家夫婦彼此都有婚姻出軌的記錄，互相都不信任，有一天丈夫出門，妻子唯恐丈夫走私，於是便在他的性器官上畫了兩隻小猴子，而丈夫則不甘示弱，亦在妻子的私處畫一個小衛兵，說：「你好好的替我守門。」

當天晚上，丈夫回家，妻子脫下丈夫的褲子加以檢查，發現兩隻猴子固然還在，但是位置卻不對了。

妻說：「這兩隻猴子的部位不對，不是我早上畫的那兩隻，看來你又背著我去亂來了。」

丈夫辯說：「明明就是這兩隻猴子，你是在找我麻煩。」

妻子說：「我那兩隻猴子所在的位置比較低，靠近草叢。可是！現在都快到頭了。」

丈夫辯解：「猴子會爬樹的，早上它們在草叢裡，現在爬上樹頂也沒什麼稀奇。」

於是，他開始檢查妻子，卻發現原先畫的那個小衛兵，是在大門左邊站崗，如今變成了右邊，頓時大怒，罵道：「你這賊淫婦，還敢跟我吵？這個衛兵雖被你畫得很像，但是你卻把方向畫錯了，原來在左邊，現在到了右邊！」

妻子說：「守門的衛兵難道都不用換崗嗎？他走到了右邊也沒錯啊！」

丈夫大怒：「胡說八道。」

妻子冷笑道：「只許你的猴子會爬樹，就不許我的衛兵換崗？你才豈有此理呢！」

不是馬鞍

一位來自紐約的美女開車至新墨西哥之荒郊野外時車子拋錨了，這時剛好一位印地安人騎馬經過，並願意提供共騎至附近鄉鎮。於是她跳上馬背，一路騎著相安無事，除了每隔幾分鐘，那印地安人就會發出興奮的大叫，響亮的聲音在山谷間迴響不絕於耳。

當他們到達城鎮時，那位印地安人讓她在當地的加油站下馬，然後大叫一聲「嘻哈！」便揚長而去。

「你對那印地安人做了什麼事，使得他那麼興奮？」加油站服務生問。

美女：「沒有啊！我只是坐在馬後，雙手抱住他的腰，然後抓住馬鞍，這樣我才不會跌下來。」

「小姐！」那位服務生說：「印地安人騎馬是不用馬鞍的！妳該知道，一路上妳抓著的是什麼東西吧？」

手術過後

有一女子，一向水性揚花，終於有一天她要結婚了，結婚前她來到醫院對婦科大夫說：「我的未來丈夫是個完美主義的人，他一定會檢查我是否是處女，有什麼辦法嗎？」

大夫想了半天，突然拍了一下大腿說：「有辦法了，做耳膜移植手術。」

手術很成功，洞房之夜沒出任何問題。可是，幾天之後新郎自己跑到醫院來找醫生說：新娘得了羞於啟齒的怪病。

醫生問新娘有什麼症狀，新郎說道：「我跟她說悄悄話時，她竟不是附耳過來聽，而是抬起大腿！」

永續圖書線上購物網
讀品文化事業有限公司

WWW.foreverbooks.com.tw yungjiuh@ms45.hinet.net

達人館系列 10

黃色笑彈葷死了

編　　著　無碼太次郎
出 版 者　讀品文化事業有限公司
執行編輯　廖美秀
美術編輯　蕭佩玲
內文排版　王國卿

總 經 銷　永續圖書有限公司
TEL／(02)86473663
FAX／(02)86473660
劃撥帳號　18669219
地　　址　22103 新北市汐止區大同路三段 194 號 9 樓之 1
TEL／(02)86473663
FAX／(02)86473660
出 版 日　2015年09月

法律顧問　方圓法律事務所　涂成樞律師
CVS代理　美璟文化有限公司
TEL／(02)27239968
FAX／(02)27239668

國家圖書館出版品預行編目資料

黃色笑彈葷死了 / 無碼太次郎著. -- 初版.
-- 新北市 : 讀品文化, 民104.09
面 ;　公分. -- (達人館系列 ; 10)
ISBN 978-986-453-004-5(平裝)

856.8　104012300

黃色笑彈輩死了 （讀品讀者回函卡）

■ 謝謝您購買本書，請詳細填寫本卡各欄後寄回，我們每月將抽選一百名回函讀者寄出精美禮物，並享有生日當月購書優惠！
想知道更多更即時的消息，請搜尋"永續圖書粉絲團"

■ 您也可以使用傳真或是掃描圖檔寄回公司信箱，謝謝。
傳真電話：(02) 8647-3660　　信箱：yungjiuh@ms45.hinet.net

◆ 姓名：　　□男　□女　　□單身　□已婚

◆ 生日：　　□非會員　　□已是會員

◆ E-Mail：　　電話：(　)

◆ 地址：

◆ 學歷：□高中及以下　□專科或大學　□研究所以上　□其他

◆ 職業：□學生　□資訊　□製造　□行銷　□服務　□金融
□傳播　□公教　□軍警　□自由　□家管　□其他

◆ 閱讀嗜好：□兩性　□心理　□勵志　□傳記　□文學　□健康
□財經　□企管　□行銷　□休閒　□小說　□其他

◆ 您平均一年購書：□ 5本以下　□ 6～10本　□ 11～20本
□ 21～30本以下　□ 30本以上

◆ 購買此書的金額：

◆ 購自：　　市(縣)
□連鎖書店　□一般書局　□量販店　□超商　□書展
□郵購　□網路訂購　□其他

◆ 您購買此書的原因：□書名　□作者　□內容　□封面
□版面設計　□其他

◆ 建議改進：□內容　□封面　□版面設計　□其他
您的建議：

剪下後傳真、掃描或寄回至「22103新北市汐止區大同路三段194號9樓之1讀品文化收」

廣 告 回 信
基隆郵局登記證
基隆廣字第 55 號

2 2 1-0 3

新北市汐止區大同路三段 194 號 9 樓之 1

讀品文化事業有限公司　收

電話/(02)8647-3663　傳真/(02)8647-3660
劃撥帳號/18669219　永續圖書有限公司

請沿此虛線對折免貼郵票或以傳真、掃描方式寄回本公司，謝謝！

讀好書品嘗人生的美味

黃色笑彈葷死了